ETI QUE TAS (I)MO RAIS

ETIQUETAS (I)MORAIS

MIGUEL AMY

coletânea de contos sobre a vida ordinária

EDITORA Labrador

Coordenação editorial
Pamela Oliveira

Assistência editorial
Leticia Oliveira

Projeto gráfico, diagramação e capa
Amanda Chagas

Preparação de texto
Vitória Oliveira Lima

Revisão de texto
Ligia Alves

Imagenm de capa
Guido Reni, São Miguel
derrota Satanás

Dados Internacionais de Catalogação na Publicação (CIP)
Jéssica de Oliveira Molinari - CRB-8/9852

Amy, Miguel
Etiquetas (i)morais : uma coletânea de contos sobre a vida ordinária : volume 1 / Miguel Amy. — São Paulo : Labrador, 2023.
144 p.

ISBN 978-65-5625-323-7

1. Contos brasileiros I. Título

23-1860 CDD B869.3

Índice para catálogo sistemático:
1. Contos brasileiros

EDITORA
Labrador

Editora Labrador
Diretor editorial: Daniel Pinsky
Rua Dr. José Elias, 520 — Alto da Lapa
05083-030 — São Paulo — SP
+55 (11) 3641-7446
contato@editoralabrador.com.br
www.editoralabrador.com.br
facebook.com/editoralabrador
instagram.com/editoralabrador

Porquanto tudo o que em trevas dissestes será ouvido à luz do dia;
e o que sussurraram aos ouvidos dentro de casa,
será proclamado dos telhados.

Lucas 12:3

SUMÁRIO

PRÓLOGO: DA PARÁBOLA DA MULHER DESVAIRADA 9

DO CONGRESSO 14

DA DESCARADA 21

DA CONDESSA 31

DA BRINCADEIRA 36

DO NAMORADO 44

DO DIA DAS MÃES 52

DO ORGASMO 56

DO BANHO 62

DO PASSEIO EM FAMÍLIA 66

DA TOCATA 77

DO MATRIMÔNIO 80

DAS COLUNAS DO TEMPLO 84

DO DESCONSTRUÍDO 91

DO PASTOR 97

DA PROFECIA 102

DA CEGUEIRA 107

DOS CONVERTIDOS 112

DOS BENFEITORES 120

DA PORTELINHA 127

DA BELA DA NOITE 135

PRÓLOGO:
DA PARÁBOLA DA MULHER DESVAIRADA

Tendo, talvez, a mais caótica das origens, Eva parecia condenada a arrastar sobre a terra uma desproposital existência. Se algo lhe fazia sentido, passava-se unicamente pela ânsia de sentir. Pouco lhe importava o quê. Prazer e dor tornaram-se, para ela, faces de uma mesma moeda. Oscilando entre o deleite mais extasiante e a tortura mais abissal, parecia buscar afastar de si todo e qualquer vestígio de quietude. A certa altura, porém, as velhas artimanhas foram se mostrando obsoletas. Crescia em torno de si um tipo de crosta resistente aos estímulos, que trazia à luz do dia o assombro perante um vazio inefável. Sentia, mas não como antes. A desesperada busca por razões e culpados foi sucedida pela previsível opção de levar sua arte às últimas consequências. Esticando-se o tanto quanto possível, foi capaz de tocar na mortalha do além. Salvaram-na a tempo da morte, mas nem mesmo os medicamentos de hospital foram capazes de afastar a ideia funesta de que apenas no desconhecido estaria o seu último reduto de significado. Era a erva daninha do suicídio germinando no solo fértil do caos, uma ameaça que estaria, dali em diante, presente em seus mais recônditos pensamentos.

Querer a morte não significa, porém, ter força para fazê-lo. E foi justamente na busca por um trágico e eventual desfecho que conheceu Eliel. Naquele dia de março, chovia como nunca. Tendo a visão encoberta pelo guarda-chuva, Eva não atentou para o ônibus desgovernado que cortava, como um relâmpago, a avenida do Catete. Assustando-se com o alarido da buzina, teve apenas o tempo para avistar, de soslaio, a tão sonhada morte se aproximar com o número e a placa do Rio de Janeiro. A outrora inoperante endorfina deu novamente o ar da graça, disparando uma última descarga de alívio por todo o seu corpo. Eliel, que passava pelo local, não pensou duas vezes. Investido de uma compaixão sem igual, lançou-se sobre a moça, salvando-a do terrível atropelamento. Por alguns instantes, Eva se enfureceu com o socorro. No entanto, tão logo fitou com atenção o nobre rapaz, a mulher dos mil e um amantes viu-se como que hipnotizada por aquela beleza divina. Um convite para o café arrefeceu os ânimos e principiou as apresentações. Tão fechada nos próprios dilemas, Eva sentiu uma vontade incontida de expor, sem reservas, sua dramática condição. Não poderia desejar melhor ouvinte. Com uma delicadeza perspicaz, Eliel acessava, lentamente, as camadas de um dilacerante sofrimento. Mas aquele mestre da escuta tinha também o dom da palavra, e pelos lábios proféticos de Eliel a sofredora ouviu, por vez primeira, a graça de uma boa nova:

— Sabe, Eva... E se eu te disser que tudo isso que você disse tem uma explicação?

— Impossível! Já tentei tudo o que você possa imaginar. — Lamentava a mulher, examinando o joelho machucado.

— Nem tudo... Conheces a parábola da ovelha perdida?

— Não conheço.

— É linda... Certa vez, um humilde pastor preparava-se para dar de comer às suas cem ovelhas juntas no aprisco. Porém, naquela tarde, ao fazer a contagem diária, deu falta de uma. Foi imediatamente devastado por uma tristeza jamais vista. Mas, graças ao seu amor incomensurável, o pastor não hesitou em procurar pela filha perdida. Deixou as noventa e nove bem abrigadas e, em seguida, iniciou sua incursão pelas montanhas. Ali, ele se deparou com uma ovelha ferida e tremendo por conta do frio. Trouxe-a, imediatamente, para casa. Curou suas feridas. E ao aconchego do lar ela retornou. Veja bem. Ele deixou as noventa e nove por uma, porque, aos seus olhos, todas eram importantes... Você é essa ovelha, Eva! Por longos anos, você tem se aventurado pelas montanhas da vida em busca de sentido, em busca de respostas e culpados para esse vazio que te aflige. A verdade é que a única culpada de tanto sofrimento é você mesma. O pecado te afastou do aprisco, mas Ele não desiste de ti. Ele me pôs no teu caminho para te mostrar a salvação: venho te dizer que Ele é o bálsamo para todos os que sofrem.

∴

Por toda uma vida, Eva deu mostra da sua capacidade hercúlea de suportar o sofrimento. Faltava-lhe apenas um porquê. Depois de um longo tempo, o motivo veio: Eva sofria porque pecava. Um antídoto simples, mas poderoso. Forte o bastante para esconjurar o fantasma do vazio e qualquer inclinação ao suicídio. Daí em diante, apegou-se aos ensinamentos do seu anjo salvador. Casou-se com ele sob a grinalda de uma inveterada cristã, daquelas cujas vivências dava *per se* o testemunho de santidade. Amparada pelo esposo, fundou um ministério dedicado à árdua tarefa de procurar ovelhas perdidas como ela fora um dia. Expandiram-se rapidamente em riqueza e influência pelas nações. Faltava, no entanto, o coroamento da união: um filho. As primeiras tentativas do fértil casal foram prontamente atendidas. A barriga crescente era escancarada e aclamada por todo o rebanho. Uma grande expectativa foi depositada naquele pedacinho de gente que se formava sob atentos cuidados. No oitavo mês, entretanto, uma complicação levou a mãe às pressas para o hospital. Emanuel, o filho, sufocava com o cordão umbilical atado em volta do próprio pescoço. O parto foi marcado de imediato. Horas depois, o médico responsável avançou, apressadamente, pelo corredor da enfermaria. Trazia uma fatídica notícia para o pai, que aguardava do lado de fora em fervorosa oração.

— Venho informar que a sua esposa sobreviveu.

— Graças a Deus! — exultou Eliel, de joelhos. — E quanto a Emanuel, ele está bem?!

Adquirindo um semblante circunspecto, disparou:

— Sinto muito, senhor... Mas seu filho está morto.

A partir de então, nada seria mais como antes. Uma tristeza devastadora invadiu a jovem Eva que tinha no filho o coroamento de sua nova existência. Rogaram aos céus por outro herdeiro, mas não tiveram sucesso. A medicina disse-lhes o porquê: com o passar dos anos, Eva havia desenvolvido um câncer no colo do útero. O diagnóstico era unânime entre os médicos:

— A senhora não pode mais ter filhos!

O duro golpe não foi, todavia, assimilado por Eva. No afã de achar responsáveis, culpabilizou o marido; divorciou-se. O ceticismo quanto aos desígnios divinos veio em consequência das orações não atendidas. Sabia, agora, que não havia ninguém nos altos céus para lhe ouvir. Assim, decidiu procurar, por si mesma, o homem apto a lhe trazer a felicidade plena da maternidade. Recorreu a vários, das mais diversas localidades, profissões, credos e etnias. Com alguns, conseguia engravidar, não obstante nenhuma das tentativas chegasse perto da longevidade de Emanuel. Em face de um fracasso, Eva pulava para o próximo, sempre munida de uma boa justificativa. A misteriosa regressão do câncer deu-lhe uma sobrevida amaldiçoada pela sequela da infertilidade. Assim, Eva adentrou a velhice enganando e se deixando enganar, sem que ninguém tivesse correspondido ao seu anseio. A melancolia crescente tem ressoado, desde então, um perigoso alarme para o levante de fantasmas do passado. Sua última defesa parece ser o refúgio na loucura. Protegida por essa venda, desvia o olhar da verdade fatídica, mantendo viva a dissonante obsessão por um homem que a engravide de novo. Contam os rumores que não raramente é possível encontrá-la, vestida em uma túnica, na mais apinhada região das cidades. Ali, empunhando uma lanterna em plena luz do dia, Eva costuma berrar, ensandecida, aos transeuntes:

— Procuro o homem! Procuro o homem! Não percebem que tudo é em vão sem Ele!?

Provocando uma sonora gargalhada, certa vez escutou:

— Ele está perdido? Se perdeu como uma criança? — zombava um.

— Deve estar se escondendo dela! — ironizava outro.

— Aposto que sei como é esse homem que ela procura... — hipotetizavam algumas velhas carolas.

— Se for político, sou eu!

— Se for empresário, sou eu!

— Ah! Mas se for bonito, certamente, sou eu!

Não afeita aos gracejos, Eva rebateu, em um lampejo de lucidez:

— Eu disse o homem. Vocês são só um bando de canalhas!

DO CONGRESSO

José Fernando desembarcou na rodoviária Novo Rio por volta das 16h. Vinha à Cidade Maravilhosa em razão de um aguardado congresso universitário. Era seu primeiro compromisso acadêmico longe da terra natal, e, por isso, esperava ansiosamente pela chegada do "tio carioca" Gouveia, a quem não via fazia quase uma década.

— Nandinho! Nandinho! Aqui, rapaz. Cheguei...

E lá estava o velho Gouveia, arrastando-se pelo saguão da rodoviária. Vinha com o típico vestuário maltrapilho, fisionomia cansada e olhar entristecido. José Fernando logo notara que, com exceção da calvície e dos fios brancos que se acentuaram, seu tio permanecia a mesma figura desleixada e abatida de anos atrás.

Com a fala mansa que lhe era própria, o anfitrião se comprazia ao enaltecer a maturidade do sobrinho:

— O cara cresceu, bicho! Já é até universitário...

— O tempo voa, meu tio!

— Isso é, meu filho. Daria tanto para voltar no tempo... Mas dá aqui essa bolsa. Deixa que eu levo. Estacionei o carro próximo da Cidade do Samba. É pertinho, mas pode deixar que eu levo...

— E a tia... Como ela está?

— Ah. Ela está bem... — suspirou Gouveia, enquanto se acomodava no banco do motorista.

— O que aconteceu, meu tio? — pressentiu o sobrinho que algo não ia bem.

— Melhor nem falarmos disso, meu filho... Até queria te poupar de ver o que está acontecendo lá em casa. Mas você precisa de um lugar pra ficar, e no Rio de Janeiro está tudo tão caro... Não iria fazer a canalhice de te deixar em um hotel.

— Mas o que está havendo, meu tio? — preocupado, insistiu o sobrinho.

— Vais ver, Nandinho. Vais ver — repetia Gouveia, absorto.

Ao chegarem à Gamboa, a esposa do tio, Marilena, esperava-os na entrada da casa. Esquálida e vestida como uma cigana, a mulher aguardava pelo marido e o visitante, enquanto varria algumas folhas secas que se desprenderam de uma árvore enraizada na calçada.

— Mas olha quem chegou... Nandinho! Como ele cresceu, Gouveia.

— Cresceu mesmo... — concordou o marido.

— Dá aqui um abraço, menino! Como ficou bonito esse garoto — disse, atracando-se no visitante.

— Obrigado, minha tia.

— Pois vamos entrando, vamos entrando. Já está tudo preparado... Ah! Antes que eu me esqueça. A pia está com defeito, Gouveia. Conserte, por favor! — determinou com veemência, enquanto conduzia José Fernando ao quarto de hóspedes.

— Nossa, esse quarto é enorme. Nem sei como agradecer, minha tia... Juro que não vou abusar da hospitalidade, serão só alguns dias.

— Deixe disso, meu filho. Você é de casa...

Enquanto jogavam conversa fora no quarto, uma voz grave, imponente e desconhecida para José Fernando ressoou pela casa:

— Marilena! Oh, Marilena, vem cá! — ordenava seriamente.

— Opa! Já estou indo, minha vida! — de chofre, exclamou a mulher, batendo em retirada. — Ah! Fique à vontade, Nandinho... Já volto aqui com você.

Havia outro homem na casa. Mais especificamente, no quarto que Marilena deveria dividir com o marido. De espírito mexeriqueiro, José Fernando se levantou da cama num pulo e caçou o tio pela casa inteira. Encontrou Gouveia ajeitando calmamente a pia da cozinha...

— Meu tio, meu tio! Eu tô ficando maluco ou tem um homem no quarto da... da tia Marilena? — perguntou num sussurro.

— Ah. Esse aí é o novo macho dela. Ele tá dormindo lá.

— Como é que é!?

— Ela trouxe esse vagabundo para morar aqui há umas duas semanas...

— Como assim?! E o senhor deixou?! Onde ela conheceu esse cara?! O senhor está dormindo onde?! — as perguntas saíam em rajadas pela boca.

— Bom, eu estava dormindo no quarto de hóspedes. Mas como você veio... Deixei o quarto para você. Nesse tempo, vou dormir ali. — Apontou Gouveia para um colchonete estendido no meio da sala.

— Mas que porra de brincadeira é essa, tio Gouveia!? — interpelou o sobrinho, com os olhos arregalados pelo espanto.

— Ah, Nandinho... A situação é complicada. Por isso queria te poupar, meu filho — arrematou o marido, deixando escapar algumas lágrimas que caíram por sobre as ferramentas que empunhava.

Nesse instante, Marilena invadiu o recinto tocando os ombros do hóspede:

— Nandinho! Nandinho! Vem aqui comigo. Deixe seu tio consertar a pia em paz. Se ficar dando trela, esse preguiçoso não faz nada... Quero te apresentar uma pessoa. — Entusiasmada, Marilena puxou o hóspede em direção ao quarto.

José Fernando mal teve tempo para se recompor do choque que tivera segundos atrás. Quando cruzou a porta do quarto, veio outro abalo! Lá estava o amante. Muitos anos mais novo que Marilena. Esparramado na cama como se fosse o próprio dono da casa. Descamisado e trajando apenas uma samba-canção, o sujeito assistia TV enquanto segurava um pote de salgados numa mão e uma garrafa de Coca-Cola na outra. A barriga saliente indicava que o felizardo era tratado a pires de leite pela madame, que despudoradamente o cobria de mimos, carícias e elogios à plena vista do marido.

∴

Em meio à madrugada, José Fernando não conseguia pregar os olhos. A situação do tio compadeceu-o, indignou-o. "Como pode essa mulher fazer isso com meu tio? Como pode meu tio deixar essa mulher fazer isso com ele?". Algo precisava ser feito. O rapaz estava decidido a conversar com Marilena sobre a situação: "Na hora que essa ordinária for colocar o café na mesa, eu resolvo isso!".

Quando os primeiros raios de sol despontaram, o visitante ouviu um suave tilintar de louça vindo da cozinha. Era a hora da verdade. Com o rosto franzido e o coração pulsante, José Fernando saltou da cama e saiu lentamente do quarto. Porém, ao chegar à cozinha, deparou-se com Gouveia preparando o café.

— Bom dia, Nandinho. Tá com uma cara... Não dormiu bem?

— Sim, sim. Mas cadê a tia?

— Olha ela chegando aí... — apontou Gouveia.

— Bom dia, Nandinho — sonolenta, cumprimentou o hóspede ao adentrar a cozinha. — Já fez meus três pães, Gouveia?

— Ah! Sim, sim... Já fiz, meu amor. — Repassou-lhe o marido um prato com três mistos quentes.

— Nandinho, meu filho... Apoie essas canecas com café no prato, por favor. Isso, com cuidado, com cuidado. Muito bem! Obrigado, meu filho. Ah! Tenha um bom congresso hoje — despediu-se a mulher, que, sem delongas, retornou lentamente ao aconchego do aposento.

— Que palhaçada! — exclamou José Fernando, virando-se seriamente para o tio. — O senhor prepara o café para ela tomar com o amante? É isso mesmo, meu tio?

— Ah, Nandinho... Por favor, não se meta nisso. Deixe estar. É tudo muito complicado pra sua idade... Tome seu café e vá logo para os seus compromissos — ordenou Gouveia, taciturno.

∴

José Fernando passou o dia na rua. Apenas no congresso pôde desanuviar e esquecer brevemente a situação indigesta pela qual seu tio passava. O rapaz procrastinou seu retorno o quanto pôde, mas, em algum momento, precisou tomar o caminho de casa. Ao se aproximar do portão, o hóspede foi surpreendido com gritos histéricos vindos de dentro da residência. "Uma tragédia. Aconteceu uma tragédia, meu

Deus!", pressentiu enquanto corria desesperado em direção à sala.

— O que tu fizeste, hein? Responde, seu filho da puta! Por tua culpa ele foi embora. Por tua culpa, canalha! — gritava Marilena ao homem combalido por uma faca encravada no braço.

— Eu não fiz nada, meu amor. Eu não fiz nada... Ele veio pra cima de mim — justificava-se Gouveia, tentando proteger o ferimento dos golpes da esposa.

Atordoado, José Fernando não sabia se continha a fúria da anfitriã ou se acudia o pobre do tio, que vertia rios de sangue sobre o chão da sala:

— Calma, minha tia... Ai, meu Deus! Ele está sangrando muito! Ligue para uma ambulância, minha tia! Ligue para uma ambulância!

Indiferente ao sofrimento do marido, Marilena lançou o telefone ferozmente contra a parede. Em seguida, berrou:

— Pois que morra! Me entendeu? Eu quero que ele morra! Ele me tirou o meu amor! Ele me tirou o meu amor, Nandinho... — Jogou-se, aos prantos, nos braços do hóspede.

— Deixe disso, Marilena. Teu amor sou eu. Eu tô aqui, meu benzinho. Eu tô aqui — implorava Gouveia, estendendo-lhe as mãos lavadas de sangue.

— Não me toca! Tu não é nada pra mim, seu pau mole! — bradou a esposa, desferindo uma cusparada na cara do marido.

Em um raro acesso de raiva, Gouveia revidou o afronte esbofeteando a companheira, que tombou bruscamente sobre o chão.

— Eu existo! Me ouviu!? Eu existo, sua imunda! — gritava, apontando para si.

— Calma, meu tio! — implorava o menino, aturdido.

— Ela tá endemoniada, Nandinho! — prosseguiu Gouveia, ensandecido. — Isso é falta de Deus na vida dessa vagabunda!

Enojada com a presunção do companheiro, Marilena indagou, sobressaltada:

— Como é que é!? Tá achando que é falta de Deus, seu brocha!?

Ecoando, em seguida, uma risada nervosa, ergueu-se rapidamente do chão e correu em direção à cozinha. Buscou na geladeira uma espessa linguiça, que logo partiu ao meio num só golpe de faca. Retornou à sala de estar completamente despida e ainda mais transtornada do que quando saíra. Com os olhos abrasados pela flama mística dos instintos, Marilena enfiou, com toda a força que lhe era própria, as duas peças de chouriço em suas intimidades, antes de endereçar aos céus a mais sincera das orações:

— Eu não preciso de Deus. Eu preciso de uma pica!

DA DESCARADA

Durante a faxina semanal, Oseias encontrou no interior do ferrugento baú da garagem um antigo celular. De cara, não identificou a quem pertencia, mas pouco importava. Vendo uma oportunidade, o sujeito passou a vista no telefone, que parecia estar em boas condições, e pensou: "Se essa joça funcionar, posso até anunciar em um desses sites de vendas!". Largando da mão o espanador, Oseias tratou de buscar nas gavetas da garagem um carregador compatível com o celular. Acoplando um carcomido cabo USB ao cabeçote de outro aparelho, improvisou a fonte de carga.

O sujeito, que já elaborava a "descrição do produto" em sua cabeça, esperou apenas dez minutos para que aquele velho celular desse um sinal de vida. Ligou o aparelho, que, para a felicidade do avarento, funcionava perfeitamente. A quem pertencia? A galeria do telefone denunciou a antiga dona: Tereza, a esposa. Após um breve exame pelas fotos inocentes e triviais da companheira... Um abalo. Trinta segundos foram mais do que suficientes para eternizar, em AVI, um episódio extraordinariamente repugnante, uma abominação, cujos primeiros frames foram capazes de escandalizar o espírito conservador do marido, que parecia descrer que tão espantoso episódio houvesse permanecido secreto por longos anos no interior daquele ferrugento baú.

∴

Juntos havia quase uma década, levavam uma vida estruturada com os dois filhos pequenos em um belo apartamento nos arredores do Jardim de Allah. Enquanto boa parte dos casais da região havia se separado, Oseias e Tereza envaideciam-se por permanecerem firmes e fortes. Nada os abalava. Diziam aos quatro ventos que o temor a Deus e a honestidade conjugal eram os alicerces da relação. Não havia espaço entre aqueles "bastiões da moralidade" para o mais singelo dos segredos, para a mais recatada das concupiscências... A família vivia à luz da palavra, literalmente. Nada era feito sem consultar as escrituras, nem mesmo as trivialidades do dia a dia.

— Eles pegam a bíblia até para escolher a cor das roupas, dona Joana — sussurrava a empregada fofoqueira.

— Não acredito — retorquia uma vizinha, com espanto.

— Juro por Nossa Senhora! Outro dia, o patrão estava em dúvida sobre qual camisa colocar pra ir ao culto de jovens. Pois ele puxou a bíblia e abriu na primeira página que o dedo agarrou. Depois de ler, disse à patroa: "Vou de azul, meu amor".

Quem imaginaria que a infâmia teria lugar em uma casa orgulhosamente marcada pelo "sangue do Cristo"? Ora, mas até mesmo a fé é às vezes chamada a se dobrar aos fatos. Ali estava, correndo aos olhos do marido, algo inimaginável. Algo que nem mesmo o mais maldoso dos vizinhos poderia confabular, talvez sequer fazer. Oseias assistiu ao vídeo três vezes. Em todas, parecia incrédulo diante de tamanha torpeza. "Não pode ser, ela não fez isso. Não pode ser!", repetia, desmoronando sobre as próprias pernas. Não obstante repudiasse o pecado da destemperança, foi justamente a raiva que o ajudou a recobrar o controle dos membros inferiores. Assimilado o golpe, pôs-se de pé e partiu para o segundo assalto.

∴

— Tereza! Tereza! Pode me explicar o que é isso? — inquiriu o sujeito, lançando o telefone rispidamente sobre a almofada do sofá.

Não identificou de imediato; apenas quando apanhou o aparelho respondeu, com expressão de desentendida:

— É meu antigo celular, o que tem?

— Desbloqueie a tela.

— Para quê?

— Desbloqueie a tela, Tereza! — ordenou o marido, contendo a fúria entre os dentes.

— Pronto.

— Dê o play!

— Como?

— Pare de fazer perguntas e dê o play na porra do vídeo, Tereza!

Atônita após ouvir o primeiro palavrão em quase dez anos de relacionamento, Tereza prontamente seguiu as ordens do companheiro. Assistiu por apenas cinco segundos, desmoronando, em seguida, aos pés daquela figura diabólica e bufante que tomara o corpo de seu pacato marido.

— Me perdoe, meu amor! Me perdoe, me perdoe! — rogava, aos soluços.

— Devia te dar um tapa! Me diz… Quando foi isso?

— Oh, meu Deus! Faz tempo, faz muito tempo…

— De quem é essa voz ao fundo te chamando de "descarada"?

— Esqueça isso, meu amor... Meu coração está agora inteiramente voltado a Deus e à nossa família. — Abraçava o marido, inundando-o de beijos.

— Desembucha, porra! Quem está falando ao fundo?

Encurralada pela firmeza inquisitorial do esposo, Tereza engoliu o choro e começou a expor os detalhes de sua vergonha:

— Era um namorado que tive há muitos anos, antes da igreja, de você...

— Nome? — pressionava o marido.

— Leandro, Leandro Gonzalez.

— Leandro Gonzalez... — repetiu o marido, com um misto de satisfação e desgosto. — E eu achando que conhecia todos os seus ex-namorados, mas esse... Esse você fez questão de omitir... Como se conheceram?

— Não foi por mal, foi por vergonha...

— Como se conheceram? — prosseguiu o marido, como que surdo para a lamúria da esposa.

— Numa festa da faculdade. Tivemos um rolo, trocamos contatos, começamos a nos encontrar... Coisa de jovem! Mas não duramos nem quatro meses. Ele era aluno de intercâmbio, um mexicano riponga. Voltou para o país dele, paramos de nos falar. Soube, anos depois, que havia retornado ao Rio para morar, mas já não tínhamos contato nenhum...

— Que parte do Rio?

— Não sei.

— Não mente pra mim! — advertiu, impostando a voz.

— Eu juro que eu não sei, Oseias! Eu e ele não tínhamos mais nada, nem contato. Na época, suspeitei que ele tinha se mudado pra Nilópolis. Tinha uma obsessão com a Beija-Flor.

— É da Baixada... — hipotetizou o marido.

— Eu sei lá, Oseias! Não fui atrás porque não significou nada pra mim. Foi só mais uma loucura na vida de uma pessoa que vivia no pecado.

— É mesmo, Tereza? — indagou, com um sorriso escarninho. — Pois não me parece que não significou nada. Afinal de contas, você manteve essa aberração no seu celular, que coincidentemente ficou escondido no baú por quase dez anos. Pra quê, hein?! Você costumava abrir aquele baú quando sentia saudade desse miserável!? — vociferava o esposo.

— Me respeite, Oseias! — Ergueu-se a mulher, altiva. — Eu realmente já fiz coisas abomináveis aos olhos de Deus. Mas eu jamais traí você. Jamais! Essa... Essa porcaria está aí por puro esquecimento. Essa mulher do celular não existe mais!

Porém, nem o próprio Deus, do alto da sua misericórdia, faria o marido largar o osso. Ele queria todas as cartas na mesa.

— Ah, mas você vai me contar... Como essas canetinhas foram parar... aí?!

— Como?

— Você me ouviu! Como essas canetinhas...

— Já entendi — interpelou, envergonhada.

— E então?

— Ele... Ele me desafiou.

— Te desafiou a quê?

— A ver quantas eu conseguia colocar lá... lá atrás — confessou, cabisbaixa.

O silêncio se impôs entre ambos. Oseias, no entanto, não parecia satisfeito. Faltavam ainda alguns centímetros para que a esposa fosse exaltada ao cume da vergonha.

— Quantas? — indagou, apanhando o cinto das calças.

— Meu bem, pare com isso, por favor — suplicava, com a voz embargada.

Possesso, desferiu três açoites no corpo da infeliz:

— Quantas, sua filha da puta!?

— Dezessete…

.·.

À confissão, sucederam-se duas semanas de afastamento. Tereza fazia das tripas coração para se redimir, de forma alguma os hematomas abalaram sua devoção ao marido. Pelo contrário, expiavam a culpa e potencializavam o amor. No entanto, as tentativas de aproximação não pareciam surtir efeito no irascível coração de Oseias, que passou a dormir voluntariamente no quarto das crianças. Até aos cultos deixaram de ir juntos, o que prontamente despertou os mexericos das obreiras. Se a esposa ia ter com Deus às nove da manhã, ele só ia às três da tarde, para que os olhares sequer se cruzassem no caminho. Nesse pé estava o matrimônio.

No fundo o problema não estava nela, que era de fato uma nova mulher, mas nele. Oseias não conseguia se desvencilhar do ocorrido. Mesmo ateando fogo ao maldito celular, aquela depravação permanecia viva, incandescente, nos recônditos da sua mente. Tudo o fazia lembrar da infâmia. Nem mesmo nas noites de descanso ele conseguia encontrar paz, pois até nos sonhos era assombrado pelos gemidos histéricos de prazer que a esposa um dia ecoou na companhia do antigo amor.

A gota-d'água, entretanto, deu-se quando um dos filhos do casal adentrou ao apartamento com um estojo que acabara de ganhar no colégio, de canetinhas…

— Papai, papai! Vamos pintar? — perguntou a criança, alegremente.

Um silêncio. Ali estava, nas mãos do descendente, a materialização de sua desonra. Tomado pelo pavor, Oseias fugiu para o banheiro, desabotoou o colarinho e tratou de lavar a cara com água. Entre gemidos de choro e murmúrios de raiva, tomava voz nos lábios do infeliz um desejo de resolução, de vingança:

— Não há saída. Se estiver no Rio, irei resolver isso com aquele cretino. De homem pra homem!

∴

Levantou-se cedo. Antes de todos, como vinha sendo nos últimos tempos. Pôs casaco, boné, óculos escuros no rosto e partiu em direção à Baixada Fluminense. Ali, buscou por uma arma. Pelo preço certo, não foi difícil achar quem vendesse. Ofereceram-lhe até o matador:

— Vou te dar o papo reto: se o senhor não tiver experiência com o "cano", meu primo passa esse "presunto" por "quinhentinhos". Metade agora, metade depois. Vai botar o cara pra comer formiga, pode confiar. Quando ele puxa a Glock, parceiro, é caixão e vela preta. Tudo no sigilo.

A oferta era tentadora, mas não para os propósitos de Oseias. O sujeito sabia que somente ele poderia resolver aquele imbróglio, somente ele poderia se "vestir de homem" e bancar aquele desejo críptico. Em posse do artefato, apanhou um táxi rumo à quadra da Beija-Flor. Examinava as mãos trêmulas, duvidando da capacidade de cometer tamanho pecado. "Oh, meu Deus, como me afastei dos teus caminhos?", murmurava, levando as mãos à cabeça. "Mas não há jeito, não há jeito! Ele ou eu, Ele ou eu!", contrapunha-se em seguida.

Ao chegar ao local, deparou-se apenas com o segurança, um sujeito de meia-idade, corpo magro e feição serena, que já estava a serviço da Escola havia quase duas décadas. Um tanto tímido, Oseias se aproximou do sujeito e logo perguntou pelo fulano.

— Ih, sei quem é. Mas aqui a gente só o chama de mexicano. O que o senhor deseja com ele?

— Somos amigos da época da faculdade, mas perdemos contato quando voltou ao país dele. Eu soube, por uma das minhas colegas, que ele havia retornado ao Rio. Como sei que ele era louco pela Beija-Flor, pensei que pudesse ter vindo pra esses lados.

— Palpite certeiro, hein? Olhe, ele mora a uns oito minutos a pé. Basta subir a ladeira do camundongo toda a vida, o último barraco à direita é o dele.

E assim Oseias fez. Com a arma escondida no bolso do casaco, subiu a deserta e escura ladeira, até parar em frente a um singelo casebre. Aparentava ter apenas um cômodo. Pintado na entrada estava o número 40, que era parcamente iluminado por uma lâmpada cujo fio descaía até um pouco acima da porta. Oseias fechou os olhos por alguns instantes. Era o ponto crítico, até ali ainda havia retorno. Porém, a única força que arrebatava seu espírito era a da vingança. Decidido, pôs-se ao pé da porta e bateu três vezes com os punhos. Ao ouvir os passos no interior da residência, tratou de engatilhar a arma por debaixo do casaco. Estava pronto. De dentro, viu sair a figura desleixada e riponga do algoz.

— Que se passa, amigo? — disse, em um "portunhol" bem marcado.

— Entra, seu filho da puta! — bradou Oseias, empurrando o homem para dentro da casa com a arma apontada contra o peito do sujeito.

— *Tranquilo, tranquilo, cabrón! Yo no tengo dinero en casa, no tengo dinero.*

— Não quero dinheiro, seu merda. Senta aí!

— *Ya, ya...* — rendeu-se o mexicano, acomodando-se junto à mesa.

Com o sangue em brasa e a arma em punho, Oseias puxou a outra cadeira de plástico e sentou-se à mesa com o algoz.

— Não minta. Conhece essa mulher? — perguntou-lhe, lançando uma foto 3x4 da esposa sobre a mesa de madeira.

Bastou uma olhadela para o imediato reconhecimento.

— *Sí, la conozco.*

— Ela é minha esposa. Tereza.

— *Mira, hombre... Hace muchos años que no la veo. No he...*

— Eu sei que foram namorados no passado — interpelou, com a voz embargada. — Descobri da pior maneira... Achei uma gravação de vocês dois. Lembra o que fizeram com as canetinhas? Pois é! Ela disse que você propôs aquele desafio.

— *Hermano, si es por eso que estás acá... Perdóname, sólo éramos dos jóvenes* — explicava-se, ofegante.

— Ela sentiu muito prazer, não? A *descarada* gemia como se não houvesse amanhã...

— *No lo sé, hace muchos años...* — tentava desconversar o assustado mexicano.

— O curioso é que sempre fui fiel a ela e à igreja — prosseguia firmemente o marido, ignorando os desvios do anfitrião. — Me privei de tudo o que sempre quis fazer...

E o que eu descubro depois de décadas de fidelidade? Que ela fez, antes ou depois de mim... não importa! Ela fez!

Ao verbalizar as concupiscências da esposa, uma raiva explosiva tornou a apoderar-se de seu corpo. De chofre, Oseias deu um pulo da cadeira e colou o cano frio do revólver na fuça do mexicano. Suas palavras foram claras:

— Vá atrás daquele biombo e tire a roupa.

O sujeito, antevendo seu fatídico destino, despia-se em súplicas fervorosas, não obstante infrutíferas. Ao fim, o mexicano saiu, da forma que veio ao mundo, de trás do biombo. Estarreceu-se, entretanto, com uma cena dantesca. Também sem roupa, o visitante aguardava estirado na cama. Com o revólver mirado para a cabeça do anfitrião, ordenou que ele pegasse um pacote dentro do casaco: eram as canetinhas do filho, envoltas em papel filme. Na sequência, Oseias fez um pedido extraordinário:

— Quero que me ponha dezoito...

DA CONDESSA

Joca havia chegado quase ao fim da missa ecumênica realizada toda sexta-feira na capela do Colégio Santo Inácio, onde cursava o terceiro ano do ensino médio. Após uma rápida examinada no local, o jovem avistou o amigo Evandro, que acompanhava, entediado, a cerimônia em um dos bancos de madeira da capela.

— E aí, menor! — cumprimentou Joca, sentando-se próximo ao amigo.

— Fala tu! Tá com essa cara amassada por quê?

— Rapaz, passei a noite trocando uma ideia com uma loira do Tinder... Saca só esse match responsa que eu dei — sussurrou Joca, passando discretamente o celular para o amigo.

— Porra! Uma MILF de respeito essa tal de Condessa, hein?! — disse Evandro, com os olhos fixos nas fotos sensuais do perfil.

— Pois é. Pena que a vagaba não mostra a cara nas fotos...

— Ah! Mas, se for feinha de rosto, usa a tática do violino: vira a cara e mete a vara! — ironizou Evandro, acompanhando o sinal da cruz feito pelo Padre.

— Mas é isso mesmo — corroborou o amigo devasso. — Se o corpo da vagaba for desse jeito aí, acho que tá valendo o investimento.

— Oh, se vale!

— Inclusive, já averiguei o preço com ela. Duzentas pila.

— Então, cai pra cima! Quero saber de tudo na segunda. Se possível, com fotos e vídeos... — advertiu Evandro, antes de devolver o celular ao amigo.

.·.

Na manhã de segunda-feira, Evandro aguardava ansioso pela chegada do parceiro no pátio do Colégio. Minutos antes de o sinal tocar, Joca adentrou os portões da instituição com um sorriso de orelha a orelha. Era o indicativo de que a noite fora melhor que a encomenda.

— E aí, menor?

— Conta tudo, antes que bata o sinal — ordenou Evandro, efusivo.

— Bora na cantina, preciso de um café primeiro.

Após três goles de café puro, Joca iniciou o aguardado relato:

— O que aconteceu foi o seguinte. A Condessa marcou comigo em um beco deserto na Leopoldina. No horário combinado, estacionei o carro do papai no local e fiquei aguardando. Uma seis da manhã a vagaba apareceu. Saiu de um táxi e entrou rapidamente no meu carro. Fomos a um motel por ali mesmo. Rapaz, que mulher! Bonita. Boa de conversa. Bem-vestida. Nem parecia uma puta. Devia ter uns quarenta, mas era gostosa do jeito que aparece na foto. A gente mal chegou no quarto e eu já queria sacar a rola pra fora. Mas ela disse: "Oh, meu nenê. Vamos com calma... Quero primeiro que você me olhe". A vagabunda me sentou na cama e começou a tirar peça por peça. Quando tirou o sutiã, agarrou minha cabeça e afundou nos peitões dela...

— Filho da puta sortudo!

— E quando abaixou a calcinha de rendinha? Rapaz, nunca vi uma xoxota tão suculenta quanto a dela. Sem caô. Parecia de uma atriz pornô, sabe? Lisinha, cheirosinha...

Não resisti. Puxei logo pra perto e caí de língua na perseguida. Delícia! — arrematou Joca, beijando a ponta dos dedos.

— Mas e o vamo ver?

— Escuta só. Depois das preliminares, a Condessa me mandou pegar uma corda que ela trouxe na bolsa. Fui buscar às pressas. Passava a mão em tudo: carteira, absorvente, terço. Sabe como é mulher, carrega um monte de coisa na bolsa. Quando finalmente encontrei a porcaria da corda, ela disse que queria ser amarrada pelos peitos.

— Shibari?

— Sim. Comi a piranha amarrada...

— Porra! Essa daí entende... — acrescentou Evandro, surpreso.

— Oh, se entende! Mas ainda tem mais... Depois de levar uma surra de madeira, ela disse: "Agora vem a cereja do bolo, meu nenê".

— E o que era? Conta logo! — soltou o amigo, já roendo as unhas.

— A Condessa me fez uma massagem tântrica de um jeito... Foi porra pra todo lado! — sussurrou o felizardo.

— Caralho! Essa é a famosa louraça belzebu, meu amigo.

— Um pecado! Quero agendar mais um encontro.

— Vamo junto, porra! Se me levar, o branquinho tá na mão.

— Imagina só... Trepar em 150 BPM?!

— Putaria acelerada, parceiro! Bora?

— Já é! Vou trocar uma ideia com ela...

.·.

Quatro dias depois, Evandro foi notificado via WhatsApp do aceite:

— A vagaba topou!

— Jura?! — desconfiou Evandro.

— Sim. Mas o preço sobe. Oitocentos tudo — alertou o amigo.

— Foda-se o preço! A gente racha e come essa vagabunda... Quando vai ser?

— Depois de amanhã, na segunda. Ajeita tudo na tua casa — finalizou Joca.

Em um quarto de hora, Evandro elaborou uma história e tratou de contá-la aos pais durante o jantar.

— E por que você precisa dormir fora de casa? — inquiriu dona Flávia, fazendo, rapidamente, o sinal da cruz sobre o alimento que iria consumir.

— Trabalho de escola, mãe. Tenho um seminário de Biologia para fazer com um colega, valendo a nota — mentia cinicamente.

— Não dá para fazer esse trabalho aqui?

— Deixa o menino ir, Flávia! — retorquiu o pai, com a boca cheia de frango.

— Hum. Não sei... — hesitou a matriarca. — Ele nunca dormiu fora de casa, não conheço esse colega.

— Não tem nada que se preocupar, mãe. É só uma noite.

— Muito bem... Mas eu quero você aqui antes de eu voltar da missa! E não quero saber de problemas, hein!? Nada de ficar acordado até muito tarde, nem de ficar perambulando pela rua — ordenou a grã-fina, um tanto preocupada.

— Pode deixar. Fique tranquila — amenizou o filho.

∴

Tudo estava esquematizado. Com a cocaína nos bolsos, os dois amigos aguardavam em um bar na Leopoldina. Queriam encontrar a Condessa devidamente desinibidos pelo álcool. No fim da madrugada, Joca estacionou o carro no local combinado. Às seis em ponto, um táxi parou atrás do veículo. De dentro saiu a mulher, com o rosto disfarçado pelos óculos escuros e coberta por um garboso sobretudo de lã preta. Ao adentrar no veículo, não hesitou em agarrar Joca pelo colarinho, arrancando-lhe um beijo ardente. Era a vez do amigo. Porém, ao voltar-se para o banco de trás, a mulher recebeu apenas uma resposta do segundo passageiro:

— Mãe!?

DA BRINCADEIRA

Criada em Parada de Luças, Joana nasceu Eurides, uma confusão que apenas antecipa o fato de a infeliz trazer na pele a marca do infortúnio. Mãe solteira e sem muitas possibilidades, restou-lhe dar continuidade ao ofício dos antepassados tornando-se arrumadeira de dondocas da Zona Sul. Foi ali que perdeu o nome. Eurides não soava bem aos ouvidos dos patrões, mas a mudança pouco importava; desde que significasse assegurar menos que o mínimo para a sobrevivência dela e dos filhos. Ainda assim, tinha uma fé inabalável. Sua obstinação pelo propósito divino rendeu-lhe o maior reconhecimento a que poderia aspirar na vida: um lencinho de diaconisa da congregação. Nada lhe era mais importante do que a igreja e os filhos, que foram desde pequenos orientados pela mãe no caminho da verdade.

Ativa nas causas do ministério, Joana organizava regularmente tardes de louvor no seu barraco. Em mais uma tarde de sábado, abriu as portas de sua humilde residência para os crentes e infiéis que buscavam uma experiência com Deus. Tudo corria bem como de costume, até que um inconveniente corriqueiro estragou o encerramento dos trabalhos.

— Tavinho! Oh, Tavinho!

— Que foi, mamãe!? — perguntou o filho, enquanto enchia copos de refrigerante na cozinha da casa.

— Molha esse pano e corre lá na sala... Jade mijou no tapete de novo, o cheiro já está empesteando a casa.

— De novo? — estranhou o irmão.

— Ela está com essa mania, agora. Toda tarde de louvor, mija na frente dos irmãos.

— Pois coloque ela pra limpar. Já tem quatro anos e não sabe onde diabos fica o banheiro!? — bufou o filho, apanhando o pano de limpeza.

— Olha a boca, Otávio! — repreendeu a matriarca, erguendo a palma da mão.

— Mas ela faz de propósito, mãe!

— Não interessa, vai limpar!

∴

Jade crescia como a joia da casa. Esperta, a menina aprendeu a falar desde cedo, e já na tenra idade demonstrava uma capacidade de leitura e associação bastante avançada. Nos últimos tempos, todavia, a pequena começara a se tornar levada além da conta. Qualquer companhia a irritava, preferindo brincar isolada das demais crianças. Na menor das insatisfações, colocava-se a berrar e a bater os pés pelos cantos, colérica. Sem contar ainda a inexplicável incontinência urinária, que se manifestava, quase sempre, nas solenidades dos cultos. "Birra!". Esse foi o diagnóstico imediato da parte da mãe. Vendo que as chineladas na filha não resolviam o problema, a mulher recorreu à líder do Ministério das Crianças. "É o demônio da malcriação!", sentenciou a "especialista". As surras deram, então, lugar a interseções no final dos cultos conduzidas pelo pastor Gilmar, vulgarmente apelidado pelos fiéis de "o homem da capa preta", em razão do fraque escuro com o qual sempre aparecia nos cultos. Não obstante a fama de milagreiro, nenhuma das suas preces parecia funcionar com Jade. Na realidade, a cada oração, mais raivosa a menina ficava, o que apenas reforçava para os fanáticos o diagnóstico de possessão demoníaca.

Otávio, por sua vez, não se abalava com a rebeldia da irmã. Estava crente de que se tratava de uma fase, nada mais. Com espírito tranquilo, partiu para mais uma noite de labuta na Praça do Patriarca, onde o rapaz oferecia seus brigadeiros às pessoas que curtiam a noite no subúrbio carioca. Ali, esbarrou com um grupo de estudantes universitários que se interessaram pelos doces. Derrotado pelo cansaço, tomou assento próximo dos clientes, aguçando o ouvido de fofoqueiro para a conversa alheia.

— Continua, Jorginho, o menino…

— Ah, sim! O menino… — prosseguiu o rapaz, abocanhando seu brigadeiro. — O menino chegou na clínica acompanhado da mãe. Tinha sete anos. À primeira vista, parecia normal. Apenas um olhar atento poderia perceber que algumas coisas estavam… Fora do lugar.

— Tipo?

— Trejeitos, manias, repetições… Algo que chamou imediatamente nossa atenção foi o fato de ele sempre querer brincar com os mesmos objetos. Nenhum brinquedo do consultório era atraente, queria apenas aqueles que trazia na bolsa da mãe: uma porção de soldadinhos e um tanque militar bastante danificado.

— Interessante… Tem algum militar na família?

— Tinha, o pai… Morto há dois anos numa operação na Babilônia.

— Putz! — dispararam, como que antevendo o desfecho.

— Não se apressem! — advertiu o colega. — Em várias sessões, o menino reproduziu versões de uma mesma brincadeira com os objetos: ele começava espalhando os soldadinhos pelo chão, movimentando-os pra lá e pra cá despretensiosamente. Depois, os colocava para dormir, deitava-os em fila, como no quartel. Então, discretamente, ele pegava o tanque e passava várias vezes por cima dos soldadinhos. Reproduzia os gemidos de dor enquanto os atropelava. Em seguida, empurrava o tanque com uma força absurda contra a parede. Os soldados eram, então, alinhados na forma de um batalhão, bastante diferente de como estavam no começo. Partiam, serpenteando pelo chão, em busca do tanque, enquanto o menino gritava: "Selva! Selva!". No fim, achavam o tanque, o consertavam e regressavam ao ponto onde ocorreu o atropelamento.

— Ele revivia o trauma.

— Sem dúvida. Mas, após muitas sessões, foi sendo elucidado o sentido daquilo tudo... No dia anterior à operação, o pai o flagrou brincando com uma boneca da irmã. Puto da vida, ele tirou sangue do rosto do menino batendo nele com um tanque de brinquedo. Em resumo, ele sempre odiou aquela brincadeira...

— Mas fazia em memória do pai morto — completou uma amiga.

— Mais que isso... A culpa o levava a encenar um resgate do pai, cujo nome de guerra era "Silva".

— Selva! Selva! — captou outro, estralando os dedos.

— Que coisa! As brincadeiras falam...

— E muito!

∴

O assunto dos aspirantes a psicanalistas se agarrou como um organismo incrustante na mente curiosa de Tavinho. Havia algo de mágico, de sherlockiano naquilo tudo. Por de trás de cada corpo, de cada gesto, de cada pensamento, causas subjacentes esperavam para serem desveladas, mas unicamente aos iniciados afeitos a certas sutilezas. "Como sabiam tanto?". A pergunta denunciava o fascínio pela habilidade de ouvir e decifrar o mistério que é o outro. Desprovido de cabedal teórico, começou pelo inverso: pondo a intervenção à frente de toda a representação teórica. Tomou a primeira criança a que tinha duradouro acesso como sua cobaia: a irmã. Outrora indiferente, Tavinho passou a tomar nota, com a indistinção de um colunista de fofoca, de cada passo, gesto, riso e choro da pequena Jade.

Ao fim de um mês, tinha aproximadamente cem anotações sobre o comportamento da irmã. A grande maioria irrelevante. Faltava peneirar as observações preciosas, tal qual um garimpeiro que filtra o ouro de um amontoado de entulho. Após esse laborioso trabalho, Tavinho pôde, enfim, enxergar, tão claro como a luz do dia, a existência de certa lógica naqueles rompantes. A agitação durante o culto; a recusa a orar antes das refeições; o sumiço deliberado das bíblias da casa... Tudo isso parecia evidenciar que a irmã repelia, com seus gestos, tudo o que vinha da igreja. Por quê? A intuição evangélica apontava para o Diabo, mas não. Tavinho não apostava no mais fácil. Estava convencido quanto às causas subjacentes que não eram da ordem do demônio. Tentou, a princípio, inquirir a irmã em busca de respostas, mas não teve sucesso. Sem alternativas, continuou observando o comportamento intempestivo de Jade nas folgas do trabalho.

A pista derradeira veio após o dia 12 de outubro, Dia das Crianças. Na ocasião, a igreja organizou uma rifa que presentearia a criança ganhadora com um kit de pintura. Jade foi a agraciada. Nos dias subsequentes, a menina não desgrudou de seu novo brinquedo. Certa noite, quando acabara de voltar de mais um dia de trabalho, Tavinho foi surpreendido pela menina na porta da sala. Ela trazia consigo um desenho espantoso. Do centro da página, projetava-se uma figura funesta e disforme, sem vestuário ou gênero identificáveis, apenas tingida fortemente pela cor preta, e cujas sombras se descolavam do corpo na forma de um rastro de escuridão que estendia em direção ao canto esquerdo. A face diabólica era ornada por um sorriso maníaco, olhar oblíquo e vazio, além de um nariz falicamente protuberante. Do que pareciam ser as mãos, estendiam-se dedos longos e negros que desciam até o canto inferior da página, indo em direção a um desenho menor de uma criança ao estilo palito. Pelos cabelos, dava para intuir ser uma menina, desenhada, porém, sem pescoço e com duas cabeças: uma sorridente (quadrada e desenhada em amarelo) e outra chorosa (circular e desenhada em preto). Atento às minúcias daquele enigma, Tavinho seguiu acompanhando o rastro de sombra atravessar a boca da cabeça sorridente, descer e serpentear por dentro do fino corpo da criança, e sair, como um tiro, pela boca da cabeça chorosa. Era tudo. Simples e aterrador. Atônito, Tavinho foi invadido por um pressentimento assombroso, ao qual logo buscou renegar em desespero: "Não é possível! Ai, mamãe, não, não... Isso não!", repetia, levando as mãos à cabeça.

∴

Mal dormiu nas noites que se seguiram. O pecado não o deixava nem em sonho. Preocupado, espreitava o sono da irmã, que sempre dormia na companhia da mãe. A vontade de renegar aquilo era desafiada por uma igualmente forte vontade de estar certo, de saber se era capaz de decifrar aquele mistério. Tinha uma hipótese, mas tinha coragem de pô-la à prova? Nisso se deteve durante quase uma semana. Avaliou que melhor seria dar prosseguimento a sua intuição. Numa manhã de domingo, faltou propositalmente à escola dominical sob o pretexto de comprar material de confeitaria no Mercadão. Não se sabe aonde realmente foi. Melhor teria sido acompanhar a mãe e a irmã na igreja, pois, enquanto Tavinho brincava de detetive, em um momento de distração da Ministra das Crianças, Jade começou a convulsionar, vertendo um líquido preto pela boca. Desesperada, Joana interrompeu o culto e pediu ao pastor Gilmar transporte rápido para o hospital público mais próximo. Assim, partiram, os três, rumo ao Salgado Filho.

— Doutor! Doutor! Uma criança. Quatro anos. Vômito e convulsão. Já chegou inconsciente — disse a enfermeira que conduzia a maca.

— Sinais vitais? — indagou o plantonista, pondo a costa das mãos sobre a testa da menina.

— O pulso está muito fraco.

— Pode ter engolido alguma coisa. Já para a sala de cirurgia!

Os irmãos da igreja vieram logo em seguida. A fatídica notícia também não tardou: "Ela engoliu uma quantidade absurda de tinta com chumbo. Tentamos de tudo. Morreu durante o procedimento", informou o médico responsável, provocando o desmaio da mãe. Um quarto de hora depois,

Tavinho atravessava os umbrais do hospital por entre os moribundos. Joana era abanada por alguns irmãos da igreja no corredor. O pastor Gilmar, com uma bíblia entreaberta e o semblante sereno, ministrava uma palavra de consolo aos presentes. Tavinho, no entanto, não queria ouvir. Já estava seguro de sua hipótese. Sem demoras, sacou um revólver calibre 38 e desferiu três disparos fatais contra o peito do pregador, provocando uma correria desenfreada no recinto.

∴

Não resistiu à prisão. Sob custódia, explicou suas nobres motivações, que logo foram reproduzidas nos jornais da cidade. "O justiceiro de Parada de Lucas", como ficou conhecido, não queria se eximir da culpa, mas tão somente a resolução do caso. Pressionado pela imprensa, o delegado prosseguiu com as investigações. Quatro dias depois, o carcereiro lançou um jornal por entre as grades da prisão. Na primeira página da *Gazeta Carioca* descortinava-se a verdade: "O monstro da capa preta: pornografia infantil é encontrada em apartamento de pastor assassinado na Zona Norte. Em um misto de luto e alívio, Tavinho suspirou do cárcere:

— Resolvi.

DO NAMORADO

Arrumou-se com todo o esmero para finalmente conhecer o pai da namorada. Às doze horas em ponto, Gabriel já se encontrava diante do porteiro do prédio, que após interfonar aos moradores franqueou acesso ao rapaz.

— Vai conhecer o pai da Jordana? — sussurrou o porteiro, mexeriqueiro.

— Sim.

— He-he! Pois, boa sorte, meu filho. Elevadores no fundo à direita, décimo andar.

Claramente era um aviso do que estava prestes a enfrentar. Gabriel percebeu um suor frio lhe percorrer o corpo, enquanto fitava o indicador dos andares do elevador avançarem um a um. O motivo para tanta aflição era a fama de durão do pai, que havia colocado para correr, aos prantos, os dois últimos pretendentes da filha.

Tomado pelo medo, Gabriel buscou atrasar o elevador o quanto podia, forçando a parada em andares aleatórios, o que lhe dava alguns segundos para rememorar o discurso que havia treinado por horas a fio em frente ao espelho. Em algum momento, o elevador chegou ao décimo andar. À porta estava Jordana, de semblante tão ou mais preocupado que o pretendente.

— Nervoso?

— Nada, estou tranquilo… — retorquiu o rapaz, olhando para as próprias roupas, como que buscando algum defeito que houvesse lhe escapado.

— Vamos, painho tá esperando! — ordenou, tomando o amado pelo braço em direção à porta do apartamento, que já se encontrava entreaberta.

Ao cruzar o batente, Gabriel deu de cara com uma sala suntuosa, porém com uma decoração rococó um tanto cafona. Sentado num sofá e de olhos pregados no noticiário, descansava um idoso de semblante austero e olhar assertivo. Era o pai, Aureliano Filho.

— Painho! — tomou a frente a filha. — Este aqui é o Gabriel, meu namorado. Ele veio conhecer o senhor.

Aureliano diminuiu o volume da TV e fitou o rapaz dos pés à cabeça, antes de pedir para que se sentassem próximo a ele.

— Então, você é o Gabriel?

— Sim… Sim, senhor.

— E como se conheceram?

— No… No colégio, senhor.

— No colégio… E você veio à minha casa para pedir minha autorização para namorar a minha caçula?

— Sim, senhor. Venho com todo… todo o respeito pedir a mão da sua filha. Digo. Venho pedir ela em namoro, em namoro — gaguejava o rapaz.

— Entendi… E sua família?

— Bem, eles adoraram a notícia e apoiam…

— Não, não! — interpelou o anfitrião, franzindo o cenho. — Quero saber sobre a sua família.

— Sobre a minha família?

— Sim. Saber sobre sua família é muito importante para minha decisão. Então, fale um pouco sobre eles — disse o anfitrião, ajeitando-se entre as almofadas para ouvir o relato do visitante.

— Bom... Sou filho único. Vivo com meus pais, Roberto e Estefânia. Meu pai é empresário, e minha mãe é médica dermatologista. Moramos aqui no Leblon, descendo a Ataulfo Paiva.

— Um por andar? — interpelou o velho.

— O quê? O apartamento?

— Isso. É um por andar?

— Sim, senhor.

— Compraram a casa com o dinheiro dos negócios do seu pai, imagino.

— Sim. Minha mãe trabalha pra ocupar a mente. Quem paga as contas da casa é meu pai — descontraiu o visitante.

— E seu pai construiu os negócios sozinho?

— Na verdade, tudo começou há muitos anos com meu bisavô...

— Herdeiro, hein?! — interpelou Aureliano, com particular interesse. — Então, significa que seu pai não precisou cometer nenhuma contravenção pra ficar rico. Diga-me, meu rapaz, quem precisou sujar as mãos para enriquecer a família? Seu avô? Bisavô?

Surpreso, Gabriel rebateu seriamente:

— Somos honrados, senhor! Ninguém jamais precisou roubar nada. Meu avô e bisavô eram protestantes fervorosos, assim como meu pai. Sempre acreditamos no valor do trabalho duro. Na minha família, tudo começou com um pedacinho de chão que meu bisavô tinha no interior do Espírito Santo. Meu avô levou adiante, e os negócios progrediram à custa de muito trabalho...

— Então, nenhum crime? — indagou uma vez mais o idoso, que contemplava todas as expressões do visitante com o olhar semicerrado.

— Não que eu saiba.

— Entendi. Passemos, então, aos agregados. Quero dizer, primos, tios e cunhados.

— O que o senhor quer saber?

— Não sei... Histórico de agressão, problemas com drogas. Nenhum veado na família?

— Ora, mas o que é isso? — bradou o rapaz, pondo-se de pé perante o anfitrião. — Não estou entendendo por que está me perguntando essas coisas. Venho de uma família normal, senhor Aureliano! Só isso, uma família normal!

— Hum! — grunhiu ironicamente o pai. — Sabe, Gabriel. Vou ser sincero com você. Eu sou um pai bastante zeloso e desconfiado. Quando você for pai, vai me entender. Então, me responda: você entregaria sua filha a um mentiroso?

— Não, senhor.

— Pois então. Eu também não. Então, como posso te deixar namorar minha princesa, como posso acreditar em todas as coisas boas que pretende fazer para ela, se você mente sobre sua família? E, se realmente não estás mentindo, a situação é ainda pior. É impossível confiar em alguém cuja família não possui um escândalo, um roubo, uma traição, um único caso de homicídio, de suicídio. O que é que há? São todos príncipes na vida!? Se assim for, sua família é tudo menos normal! Muito pelo contrário, é uma aberração inumana. Não! Isso, pra mim, é inaceitável. Inaceitável!

— Mas, senhor... — tentou retorquir o rapaz.

— "Mas senhor" nada! Olhe pra minha casa... Parecemos bem de vida, não? Ela te contou o como viemos parar aqui no Rio de Janeiro, neste apartamento bacana? Ah! Com certeza ela não contou, não contou... Mas saiba que eu a eduquei para sempre falar a verdade sobre suas raízes — disse, lançando um olhar repreensivo sobre a filha, que permanecia calada no outro canto da sala. — Pois, bem. Deixe-me falar sobre o passado que ela não contou.

Ajeitando-se entre as almofadas, o velho iniciou seu relato nestes termos:

— Meu pai foi um contrabandista notório na Paraíba durante os anos 1950. Eletrodomésticos, cigarros, armas... Ele transportava de tudo. Quando ele iniciou no ramo, tinha um sócio de nome Plácido Fonseca. No começo, as coisas entre eles progrediram bem, até fizeram um bom dinheiro. Mas Fonseca cometeu um erro primário: teve um caso com a primeira esposa do meu pai, que não perdoou. Com um tiro, matou a vagabunda e a parceria. A partir daí, os antigos sócios se tornaram arqui-inimigos. Durante quase uma década não houve trégua entre eles, tramavam a todo momento um contra a vida do outro. Até que um dia meu pai teve uma ideia: resolveu se candidatar a prefeito de João Pessoa. Se ganhasse, iria escorraçar o antigo sócio da cidade e assumir o controle de todas as rotas de contrabando. Papai se jogou de cabeça nesse projeto. Investiu bastante e estava indo bem, muito bem. Tudo indicava que fosse ganhar. Mas aí ele foi mordido...

— Mordido? — estranhou o visitante.

— Sim, foi mordido. Um dia, após uma coletiva de imprensa, meu pai se reuniu com os apoiadores num hotel luxuoso de João Pessoa para comemorar a reta final da campanha. Encomendaram toda a bebida que puderam encontrar. Ele era fraco para o álcool, e mais ainda para mulher. Mas não qualquer tipo de mulher: meu pai tinha uma paixão peculiar...

— Como assim?

— Vamos dizer que ele gostava de reviver a infância... — suspirou maliciosamente. — Contam que numa das mesas do bar do hotel havia uma mulher elegante na companhia de uma criança jeitosa. A dama acariciava os cabelos da pequena enquanto olhava fixamente para meu pai. Ela o estava chamando. E ele foi! Sentou-se à mesa, ofereceu uma bebida, acertaram o preço. Minutos depois, ele partiu com a pequena rumo ao quarto dois andares acima. Foi ali que a tragédia aconteceu...

— O que houve?

— Ao que tudo indica, o avô da sua amada aqui — prosseguiu, apontando para a filha — foi longe demais. Durante o prazer, terminou dando um tiro na criança e depois na própria cabeça, foi o que saiu nos jornais. Eu era muito criança quando tudo aconteceu, confesso que não tenho quase lembranças dessa época. O fato é que, após aquela noite, minha família juntou as trouxas e zarpou o mais rápido possível da cidade. Afinal, o antigo sócio ainda estava vivo e queria parte da nossa bufunfa. Depois de muito perambular, viemos parar aqui na cidade maravilhosa.

— Que história! — suspirou o visitante, pressionando a boca do estômago com o polegar. Sentia uma pontada, que não escapou ao olhar atento do velho.

— Você poderia me perguntar: "O senhor não tem vergonha?". Respondo: absolutamente não! Ao contrário, não desejaria outra história que não essa. Afinal de contas, se algo nessa cadeia de acontecimentos fosse milimetricamente diferente, talvez essa princesa que você quer tanto namorar não estivesse aqui, não é verdade?

— Sim, senhor...

— Agora que você sabe de tudo isso, responda: como uma família tão humana e transparente como a nossa lidaria com uma família como a sua, cujos pecados não se sabe nem se existem? Não é possível, meu rapaz. Se tudo o que você me disse for verdade... Então, jamais seria capaz de me sentar à mesa com seus pais, pessoas tão "direitas" e, ao mesmo tempo, tão imprevisíveis, impossíveis de confiar. Sem um único pecado conhecido para tomar como parâmetro de caráter ou canalhice, de força ou fraqueza... Não! Não! Sinto muito, meu rapaz. Você só traria desgraça ao coração da minha filha. Não percebe? Essa sua "perfeição" mentirosa é a receita para a infelicidade... Não quero isso rondando a minha casa. Melhor cortar o mal pela raiz!

A fala de Aureliano penetrou o espírito do visitante como um raio epifânico. Absorto, Gabriel sacolejava os membros como se contivesse uma força que lhe tomava aos poucos, subjugando cada músculo do seu corpo. "É, com certeza, uma bomba", pressentiu o pai, que sem demora fez sua jogada derradeira:

— Última chance, meu rapaz... A verdade ou a rua! — arrematou, colocando-se de pé perante o visitante.

Segundos de silêncio antecederam a seguinte confissão:

— Meu pai... — balbuciou o menino, com a voz embargada.

— O que tem ele?

— Ele... ele não é meu pai.

— Como você sabe?

— Como eu sei?! — vociferou, afundando os punhos entre as almofadas. — Eu sei porque ele é uma bicha! Sempre foi uma bichinha!

— Entendi tudo, casou-se por conveniência... Então, quem é? Quem é seu pai, garoto?

— É o irmão... — prosseguia aos prantos.

— O irmão dele?! — completou o pai, de olhos arregalados.

— O dela! O irmão dela! — revelou, num berro assombroso. Tão forte que foi capaz de empurrar o conteúdo do estômago para fora da boca.

— Enfim, a verdade, corroborada pelo corpo! — suspirou o anfitrião, com a altivez de um terapeuta que contempla a libertação do paciente.

Satisfeito, Aureliano virou-se para a caçula e, serenamente, ordenou:

— Jordana! Pegue uma água com açúcar para o seu namorado, minha filha…

DO DIA DAS MÃES

Nas primeiras horas da manhã do Dia das Mães, Ester aquecia o estômago vazio com o pouco café que ainda tinha na despensa. A mulher entornava aquela bebida aguada enquanto observava o descanso do filho de sete anos, Vinícius, com quem ela dividia um pequeno quarto-sala na Abolição. O sono tranquilo do filho contrastava com o olhar aflito e esgotado da mãe. O motivo? Aquele seria o dia-limite para que a mulher pagasse os três meses de aluguéis atrasados aos irascíveis proprietários, os irmãos Ferreirinha, que a ameaçaram de despejo caso o valor não estivesse em mãos até as onze horas. Sem dinheiro e soluções, Ester resolveu se apegar aos céus e partiu rumo à missa na esperança de que, na casa de Deus, encontraria alguma saída para aquele infortúnio.

∴

— Neste dia tão festivo, meus irmãos — disse o padre a certa altura do sermão —, não podemos deixar de meditar na importância desta tão cara e graciosa criatura chamada mãe. Na Primeira Epístola a Timóteo, São Paulo nos diz que "a mulher será salva pela geração dos filhos". Sua honra e glória está, portanto, na maternidade, que, desde os tempos imemoriáveis, tem sido a grande aspiração plantada pelo nosso Deus no coração de muitas das suas servas. Mas, conjuntamente com a dádiva, meus irmãos, a maternidade se mostra um árduo sacerdócio. Pois, além de ser incumbida da sofrida tarefa de nos dar a vida corpórea, espera-se de uma mãe uma constante dedicação, tal como fizera Rispa, que não abandonou seus filhos nem mesmo quando estes morreram, pois compreendia que ser mãe era converter-se de corpo e alma aos seus pequeninos. Espera-se também de uma mãe uma grande coragem, tal como fizera Joquebede, mãe do profeta Moisés, que, diante do atroz decreto do faraó, não hesitou em lançar seu filho ao rio, entregando-o a outra mulher para que não deixasse perecer o futuro libertador dos hebreus. Espera-se de uma mãe, por fim, a disposição para o sacrifício, para a integral renúncia de si, tal como fizera a Virgem Maria, que, atendendo ao seu chamado, olhou aos céus dizendo: "Eu sou a serva do Senhor! Faça-se em mim segundo a tua palavra". Dedicação, coragem e sacrifício! É o que se espera de uma boa mãe, aquela a quem os céus e seus descendentes renderão graças mesmo depois de sua morte...

O padre prosseguia arrancando aplausos das inúmeras carolas por toda a paróquia. Ester, entretanto, não era uma delas. Aquele sermão transpassou seu espírito como um raio e trouxe consigo uma ideia sórdida, mas absurdamente coerente à luz dos ensinamentos sagrados. Tão coerente e impetuosa que lhe provocou uma súbita vertigem, fazendo-a desmoronar, em pranto soluçar, sobre os bancos da igreja.

∴

Quando, enfim, recuperou o fôlego, a mulher saiu da paróquia e tomou o caminho de casa com um semblante absorto. "É isto! Devo me sacrificar", repetia a si mesma essa máxima, que lhe parecia ter vindo diretamente dos céus. Ao cruzar o portão da vila onde morava, avistou o filho brincando sorridente no pátio com outras crianças, em um êxtase de alegria que apenas reforçava, para aquele coração aflito, o que deveria ser feito...

— Vinícius! Venha cá, meu benzinho — disse, evolvendo-o em um abraço silencioso. — Você gosta de morar aqui, não é meu amor?

O menino confirmou com a cabeça, embora um tanto confuso com a pergunta insólita.

— Muito bem... Por que vocês não vão brincar na Praça? Sabem que os Ferreirinha não gostam dessa correria aqui no pátio. É melhor vocês brincarem por lá. Tem mais espaço, meu príncipe.

— Sim! Você deixa, mamãe? — perguntou, exultante.

— Deixo! E, como estou boazinha, pode brincar até mais tarde. Ainda terei que comprar comida, cozinhar... Não se preocupe com o horário. Brinque até mais tarde!

∴

O filho partiu alegremente em direção à praça. Brincou com os colegas até a exaustão. E foi no descanso da correria que os amiguinhos de Vinícius lhe pediram que buscasse o seu "brinquedo" — algo similar a um carrinho de rolimã —, pois desejavam descer a ladeira de uma das ruas paralelas à praça. O pedido era irrecusável. Sem demora, o menino sacudiu as pernas e partiu como um maratonista no rumo da residência. Precisava chegar antes que a mãe saísse para a feira. Em poucos minutos, o garoto já estava diante do ferrugento portão da vila, abriu-o às pressas, atravessando o estreito corredor de acesso com o desespero de um ladrão que foge da polícia. No entanto, ao cruzar a porta do aposento que dividia com a mãe, Vinícius confrontou-se com uma cena um tanto confusa para sua tenra idade. Na cabeceira da cama, avistou dois homens velhos, nus e arqueados lançarem cusparadas e xingamentos contra o corpo inerte e ofegante de uma mulher, que, ao perceber--se espreitada pelo visitante inesperado, encontrou ainda forças para uivar antes do desmaio:

— Tá pago, meu príncipe… Tá pago!

DO ORGASMO

— Gozei, filha da puta! — gemeu Wilson, ofegante.

— Foi mais rápido dessa vez. — suspirou a esposa.

— Sim, foi.

— E então?

— Então o quê?

— Não vai fazer?

— Fazer o quê?

— Sua mulher gozar, né, Wilson! Já estou há quase dois meses sem... — murmurou Beatriz.

— Ah, amor, hoje não! Estou exausto. Hoje foi uma confusão dos diabos na firma. Vamos deixar pra amanhã? Juro que amanhã faço daquele jeito que você gosta. Tá bom, minha cachorrinha?

∴

O dia seguinte raiou e Beatriz fez de tudo para agradar o marido. Quando regressou do fadigoso trabalho, Wilson deu de cara com um banquete que a esposa havia preparado com tudo de que ele mais gostava. O intuito de Beatriz, que estava mais sensual e cheirosa do que nunca, era empanturrar o marido o tanto quanto a barriga do infeliz permitisse. E assim foi! Somente após o último arroto a mulher levantou da cadeira na qual se sentava para revelar, vagarosamente, uma das surpresinhas da noite. Por debaixo da camisola de seda, Beatriz vestia uma provocante cinta-liga preta, escolhida a dedo para apimentar ainda mais aquela noite de prazer.

— Tá achando que acabou, seu safadinho? — gemia a mulher, fitando calidamente o amado.

— Hummm. Tem mais? — retorquiu o felizardo, que já mal podia controlar o tesão entre as calças.

— Olha aqui! Lisinha, do jeitinho que meu dono gosta... — arrematou, enquanto escancarava a tentação ao marido.

Já não era preciso maiores estímulos. Mesmo cansado e com a barriga a ponto de explodir, o insaciável Wilson partiu para cima da sua "cachorrinha" e a devorou, ferozmente, em cima da mesa de jantar. Pouquíssimos vizinhos não foram despertados com a sinfonia de palmadas, gritos e gemidos que vinham do apartamento 208, a residência do casal. Contudo, aquela noite, que tinha tudo para terminar em grande estilo, revelou-se frustrante para um dos amantes. A pobre Beatriz, uma vez mais, teve que amargar a relutância do marido em lhe satisfazer.

— Ah! Hoje não, amor. Depois de tanta comida, estou um pouco... Um pouco indisposto. Não vou conseguir fazer do jeito que você gosta.

— Não acredito! — berrou, batendo os punhos na mesa. — Depois desse banquete, depois dessa surpresa que fiz, tu me vens com essa de estar "indisposto". Você realmente não se importa mais comigo!

— Amor, eu já disse, não sei se conseguiria fazer do jeito que você gosta.

— Porra, mas você não pode se esforçar? Sei lá, tenta ir no banheiro rapidinho e...

— Outro dia, minha vida. Hoje não, tente entender...

— Ora, "entender". Entender o quê, Wilson?! Que você não se importa mais em me satisfazer? — queixava-se a mulher, contendo as lágrimas.

— Beatriz, não fala assim. Olha. Semana que vem eu vou ter uma folga, vou estar mais tranquilo. É importante estar tranquilo pra fazer... essas coisas.

— Cala a boca, Wilson! Chega! Eu não quero mais saber das tuas desculpas... Arque com as consequências do seu descaso — disparou a mulher, dando as costas nuas para o marido.

∴

Sentindo que precisava de um ombro para desabafar, na manhã seguinte, Beatriz buscou consolo nos braços de Marcela, sua melhor amiga.

— Que situação, hein!? — dizia a colega, um tanto evasiva.

— São quase dez anos juntos. Ele nunca me deu esse tipo de problema, amiga. Sempre foi muito solícito com as minhas, você sabe, necessidades. Mas, de uns tempos pra cá, isso vem acontecendo. Por isso que explodi com ele. Mandei calar a boca e tudo. Será que fui muito dura? Acho que devia ter me controlado mais.

— Ah! Às vezes precisamos extravasar.

— É que estou naqueles dias, sabe? Aí já viu: a gente fica à flor da pele.

— Sim, amiga. Eu te entendo.

— Ah! Inclusive, tenho que ir ao seu banheiro para trocar o absorvente. Estou usando há um tempinho, já está na hora — disse Beatriz, enquanto abria a bolsa.

— Espera! — interpelou a amiga, sobressaltada. — É melhor ir ao da sua casa. O meu banheiro está... Está com um problema horrível no ralo. O esgoto está subindo e...

— Bobagem, amiga! Qualquer coisa eu prendo a respiração e coloco rapidinho — descontraiu a visitante. — Fica tranquila, não demoro.

Beatriz largou a amiga na sala e partiu rumo ao banheiro, que ficava no meio do corredor. Ao chegar ao cômodo, teve uma fatídica surpresa. O nariz arrebitado da grã-fina, mais apurado que um espectroscópio, captou imediatamente um cheiro inconfundível que persistia malmente no ar. Era o cheiro dele! Wilson havia estado na casa da amiga, possivelmente no dia anterior. Havia se despido e certamente mostrado para a outra aquilo que tinha de melhor, aquilo que durante tantos anos servira para o gozo exclusivo de sua mulher. O olfato da esposa não mentira, a traição do marido estava às claras! Tão logo Beatriz saiu do banheiro, a amiga desmoronou, aos prantos, por sobre seus pés:

— Me perdoa, Beatriz! Me perdoa! Eu não queria, amiga. Eu não queria. Ele ficou me cercando, e eu caí na dele. Me perdoa. Por favor, me perdoa!

— Perdão? Tu eras minha melhor amiga, Marcela... Como você pôde?

— Eu não queria. Eu não sou disso. Essa não sou eu.

— Eu vou te dizer o que você é, Marcela: uma vagabunda! É isso que você é. Uma va-ga-bun-da! E eu só não meto a mão na tua cara porque tenho que me acertar primeiro com aquele imprestável — arrematou, cuspindo no rosto da anfitriã.

∴

Magoada, Beatriz perambulou pela cidade antes de tomar o caminho de casa. A lembrança dos votos de casamento, feitos aos soluços diante do padre, atiçava ainda mais o rancor. Estava decidida a ir às forras com o marido. Por volta das 21 horas, o fatigado Wilson chegou do trabalho. Assustou--se ao avistar a esposa sentada junto à mesa de jantar. Com um aspecto sombrio e inflada pelos piores sentimentos, a traída ergueu-se da cadeira, apontando um revólver para o companheiro de longa data.

— Que porra é essa? Por que você tá segurando essa arma, Beatriz? — indagou seriamente o marido, enquanto tirava o terno preto.

— Eu sei de tudo, Wilson. Eu sei o que tu andas fazendo quando sai do trabalho.

— Como é? Do que você falando? Tá maluca, caralho!? — inquiriu Wilson, engrossando a voz.

— Não levanta a voz pra mim, seu porco! Como você pôde? Como você teve a coragem de me trair com minha melhor amiga, Wilson?!

— Para com isso, Beatriz! Você tá pirando.

— Pirando, eu?! Nunca estive tão lúcida! Só lamento não ter descoberto tuas sujeiras antes. Dez anos de fidelidade... Dez anos, Wilson! — vociferava entre os dentes.

— Calma, meu amor. Não é nada disso que você está pensando. Eu não tenho nada com a Marcelinha. Nada! — balbuciava o marido, entregando-se.

— Não mente pra mim!

— Amor, isso é um mal-entendido. Me ouça, por favor... — amenizava, enquanto esboçava alguns passos em direção à mulher.

— Fica aí! Fica aí, traidor! — tremia a mulher, engatilhando o revólver.

Desabando em lágrimas, o cafajeste confessou, de joelhos:

— Não significou nada, meu benzinho. Não vai mais acontecer, eu juro por Deus! Se você me perdoar, eu prometo que daqui pra frente será só você e eu. O nosso casamento vai voltar a ser como sempre foi, meu amor… Eu juro!

— Ser como sempre foi!? Não, não, não! Nunca mais vai ser o que foi! E sabe por quê? Porque você me traiu, Wilson. Você cagou pr'aquela vagabunda! — gritou escandalosamente antes do disparo fatal.

DO BANHO

Após o costumeiro jogo de futebol na Escola de Educação Física do Exército, o capitão Alcides partiu, juntamente com alguns outros oficiais, para o banho. Despiram-se todos e, como de praxe, desataram a falar sobre a partida.

— Porra! Vacilo a gente perder esse jogo pra esses putos da Marinha. — Murmurou o capitão Alcides.

— Muita bola fora — disse o major Vulcão.

— A gente tinha que ter insistido nas laterais. Nas jogadas aéreas...

— Sim, eles são baixos.

— Mas eu tentei, porra! Meti vários cruzamentos na altura do coronel Dudu, mas aquele balofo nem conseguia pular — falou um, enquanto ensaboava os braços.

— Esse gordo do caralho quer todas as bolas pra ele! — murmurou Vulcão.

— Um merda! Só fica esperando a bola no pé dele, não volta pra marcar...

— Pois é. Tem que dar um jeito de tirar ele na semana que vem, major. Ninguém ganha com o coronel no time... — acrescentou Alcides.

— Mas olha! — interpelou Vulcão, de chofre.

— Olha o quê? — indagou Alcides, apreensivo.

— Olha se eu quisesse! — exclamou o major ao tentar beliscar o pênis do capitão.

— Papo de veado isso daí, major. Não gosto dessas porras não — reclamou, de cenho franzido.

— Relaxa, Alcides. É brincadeira, porra!

Um a um, os oficiais foram saindo do banho até que ficaram apenas o major Vulcão, o capitão Alcides e o tenente Bandeira se refrescando na ducha fria. Não davam nenhum sinal de que sairiam dali tão cedo.

— Major?

— Fala, Bandeira.

— Tinha um cara jogando no time deles que corria... Corria que nem uma moça. O senhor viu?

— Vi. É o Santos. Mas o pessoal o conhece como subtenente pirulito.

— Por quê? — indagou Alcides.

— É uma bicha enrustida do caralho. Uma vez, deram um flagra nele na sala da banda de música da Marinha. Estava chupando o pau do trombonista. Quase o filho da puta foi exonerado. Mas como é apadrinhado de um deputado acabou ficando na corporação — arrematou o major, ensaboando a virilha.

— Que merda.

— Isso é um câncer! Esses caras deviam ser proibidos de entrar nas forças armadas.

— Concordo, major. A cada dia tem mais veado de farda — complementou Alcides.

— Sabe o que é isso? — prosseguiu o superior. — Não teve um pai pra descer a madeira no pescoço e dizer: "Tu não nasceste com uma xota no meio das pernas, filho da puta!".

— Se fosse pelo menos um veado discreto... — amenizou o tenente Bandeira.

— Mesmo assim! Isso daí é uma aberração, rapaz. Onde já se viu um homem trepar pelo rabo — bradou o major.

— Ave Maria! — surpreendeu-se Alcides, de olho no relógio. — Já está na minha hora, senhor.

— Vai encontrar com a patroa?

— Sim, major. Hoje é o dia do pedido.

— Aí sim! E vai levar pra onde?

— Ipanema. Vamos num restaurante que custa o olho da cara — contou o capitão, fazendo careta.

— Aproveita! Depois que subir no altar, só piora — arrematou o major, zombeteiro.

∴

De banho tomado e com um traje que fazia jus à noite especial, o capitão partiu rumo ao estacionamento. Pegou o carro e, na saída, deu um último aceno ao cabo que estava de guarda. Enquanto dirigia, treinava pelo retrovisor o discurso no qual trabalhara a semana inteira. Tudo parecia sob controle. Até que uma ligeira abertura no porta-luvas lhe fez dar falta do principal. Alcides esquecera-se da aliança no armário do banheiro. Diante do infortúnio, o capitão pisou fundo no acelerador e fez uma barbeiragem para pegar o sentido contrário da avenida Luiz Alves.

Cinco minutos depois, estava novamente cumprimentando o cabo na guarita. Atordoado, Alcides abandonou o veículo, ainda na ignição, entre duas vagas do estacionamento. Tinha pressa. Quando, porém, retornou ao banheiro coletivo, o capitão paralisou diante de uma infâmia. Seu superior, o major, deliciava-se com o traseiro do tenente Bandeira, que, revirando os olhos, respondia com gemidos aos xingamentos que jorravam da boca do Vulcão.

— Mas que putaria é essa, major?! — ecoou pelo banheiro a voz grave e altiva do capitão.

— Alcides? O que está fazendo aqui, Alcides? — desnorteado, indagou o major, afastando para longe de si seu objeto de prazer.

— Não estou acreditando, major… O senhor? Um veado?

— Oh, Alcides! Não diga isso, por favor, não diga isso. Eu não sou veado. Foi ele! Foi ele que deu pra mim! — implorava o major, de joelhos.

DO PASSEIO EM FAMÍLIA

A mais fogosa entre os irmãos tornou-se mãe solteira aos dezesseis anos. A insipiência de Isabel quanto aos encargos da maternidade fez com que a avó, Alda Maria, tomasse a frente dos cuidados. Aos poucos, o menino Thiago reinvestia sobre a velha senhora o sacerdócio materno e, assim, foi se tornando mais filho da avó que da mãe, cuja ingerência sobre os rumos da vida da criança em nada constrangia. A devoção da avó era acompanhada por toda a família. Sendo o primeiro neto, Thiago tornou-se rapidamente o ônfalo daquele microcosmos. Gozava de toda a mordomia e atenção destinadas à primeira criança da casa. O avô, Osvaldo, fazia-se criança perto do menino. Os tios, Abel e Samara, enchiam-no de mimos, e, tão logo nasceu, compraram-lhe um enxoval rubro-negro, para que, no devido tempo, viesse a ser o mascote da família nos estádios de futebol. Esse carinho excessivo não parecia estragar a criança. Seu único traço de desobediência era, talvez, a compulsão por surrupiar azeitonas da geladeira escondido dos olhares da avó. De resto, Thiago crescia como a mais dócil e inteligente das crianças. Sua índole o tornava a companhia perfeita para qualquer programa. E naquele final de semana não seria diferente.

∴

Após horas na fila da bilheteria do Maracanã, Abel viu sua espera por ingressos para o clássico dos milhões ser frustrada em razão da lotação do estádio. Para não perder o final de semana, propôs uma churrascada em um balneário na Serra da Bocaina, o reduto da família nos tempos livres. Com exceção de Isabel, que tinha planos para sair com as amigas, todos se entusiasmaram. E, antes mesmo de o sol raiar, meteram-se os cinco no carro rumo a mais um passeio em família.

Quatro horas depois, chegavam ao local. A propriedade, construída nos arredores da Serra, pertencia a uma prima viúva de dona Alda, carinhosamente apelidada de Netinha. Seu casebre não tinha luxo, mas era suficientemente aconchegante para receber os visitantes, além de ter sido levantado a poucos minutos de um plácido riacho envolto pela mata virgem e uma quilométrica formação rochosa, moldadas pelo pincel da natureza para harmonizar com uma cachoeira que se erguia, imponente, ao fundo daquele paradisíaco cenário.

— Tia Netinha! Tia Netinha! — exultou o menino, que prontamente correu ao encontro do abraço da anfitriã.

— Tá crescendo muito rápido esse garoto...

— Esse aí vai puxar o avô — completou Samara.

— Alda, os quartos já estão prontos — avisou Netinha. — Vão querer descansar um pouco?

— Não, titia! Vamos logo para a água, por favor — implorou Thiago, apanhando das mãos do avô a bola de futebol.

Conheciam o caminho até o oásis na palma da mão. Thiago corria pela trilha sempre à frente, escondendo-se de propósito do avô, que partia no seu encalço. Ao avistarem a familiar formação rochosa, perceberam que teriam o local inteiramente para si. Chegando, montaram acampamento. Samara carregava as cervejas. As senhoras, uma mesa de plástico e um jogo de cadeiras. Abel, por sua vez, estava encarregado dos materiais para o churrasco. A Thiago, pouco importava a parafernália para a refeição. Movido pelo imediatismo das crianças, puxou o avô para mergulhar nas águas geladas daquele manancial, pelo qual nutria uma incontida paixão. "Tem uma geladeira embaixo d'água, vovô", supunha, com a licença poética dos pequenos. "Lógico que tem!", endossava o sexagenário, simpático às fantasias do neto.

O pagode ruidoso marcava o avançar das horas. Foi assim até a chamada das senhoras para o almoço. Thiago, que àquela altura se divertia às margens do riacho com uma bola de futebol, deixou rapidamente a brincadeira de lado para sentar-se à mesa e saborear a especialidade do tio.

Entre uma garfada e outra, dona Alda virou-se para o neto com uma pergunta no mínimo esquisita:

— Quem era aquele menino, Thiago?

— Que menino, vovó? — replicou, saboreando um pedaço de carne.

— O menino que estava brincando de bola contigo.

— Ele estava brincando sozinho, Alda. Tá doida? — ironizou Netinha, escancarando os poucos dentes da boca.

— A idade chega... — cutucou Abel, sorvendo sua cerveja com sofreguidão.

— Valha-me Deus! O Thiago estava brincando com um garoto loirinho... Aqui, na nossa frente. Vocês não viram!?

— Mamãe, ele estava brincando sozinho o tempo todo — disse Samara, segurando o riso.

— Agora, lascou-se. Vocês que estão cegos e querem me passar por doida! — bradou, intempestiva.

— Isso tu já fazes sozinha, nega! — completou Osvaldo, desatando as risadas dos presentes.

∴

Assistiram ao clássico dos milhões pelo smartphone do tio. Para tristeza da família, o Flamengo perdera de um a zero por conta de um pênalti duvidoso. A derrota marcou o fechamento do dia. O crepúsculo indicava que era hora de partir. Thiago foi ordenado pela avó a tomar o caminho de volta com Samara, enquanto os demais desmontavam o acampamento. Em questão de minutos, estavam de frente para o casebre trazendo toda a parafernália de churrascaria. Ao cruzar a porta, entretanto, dona Alda deu falta do neto.

— Cadê Thiago?

— Ele não voltou!? — saltou a tia, de chofre. — Esqueci meu prendedor de cabelo na mesa... Pedi pra ele buscar e esperar pela senhora.

— Ele não apareceu por lá — acrescentou o avô.

— Como tu deixa uma criança voltar sozinha nessa floresta escura, Samara?! — berrou a mãe, estapeando o braço da filha.

— Será que ele saiu da trilha? — cogitou Abel, voltando-se para as árvores.

— Ai, meu Deus! Vamos procurar. Vamos! Vamos! — saltou a avó, calçando os chinelos.

Embrenharam-se na floresta. As luzes das lanternas iluminavam o tortuoso caminho. Refizeram o trajeto até o riacho e adjacências incontáveis vezes. Passada uma hora, nenhum sinal. A angústia começou, assim, o seu lancinante galope sobre o peito dos familiares, comprimindo-os com a fúria de um puro-sangue inglês. Os chamados, outrora estridentes, minguaram perante a ventania da floresta, até que o choro preso na garganta terminou aprisionando também a voz.

— Cadê Thiago, Osvaldo? Cadê meu filho?! — suplicava a avó, apertando os braços do marido.

Foi então que Abel, de frente para as águas do manancial, viu-se capturado por uma intuição medonha. Não pensou em refutá-la. Jogou-se de cima de uma pedra na parte mais profunda do riacho. Ali, encontrou o que tanto procuravam.

— Achei! Mamãe, achei!

Correram às pressas. Iluminados pela luz do luar, viram emergir, nos braços do tio, o menino Thiago, já sem a resplandecência e vitalidade características. O arregalo do olhar, a boca repuxada para baixo, eternizando o choro que se confundiu com as águas do córrego, eram apenas um vislumbre de alguém que se debatera furiosamente pela vida, antes de sufocar no desalentador abraço da morte.

— Ele estava preso, mamãe! Estava preso no fundo do rio! — berrou, repousando o sobrinho sobre uma pedra.

— Samara. Pelo amor de Deus, Samara! Salva meu neto, Samara! — clamava a avó, transtornada.

A filha caçula era acadêmica de Educação Física. Atendendo ao chamado da mãe, apressou-se para pôr em prática, por vez primeira, tudo o que havia aprendido na calmaria dos laboratórios da faculdade. Verificou a respiração, não respirava. Aferiu a pulsação, não tinha pulso. Posicionou, em seguida, o calcanhar das mãos sobre o peito. Porém não teve forças para executar o movimento. Em um pranto histérico, deu-se conta que os manequins da faculdade pareciam vivos perto do gélido corpo do sobrinho. Coube, então, a Abel dar seguimento aos primeiros socorros. "Duas compressões por segundo. Depois, boca a boca", lembrava de algo que havia lido no jornal. Sua força desmedida quebrou, de primeira, três costelas do sobrinho, mas pouco importava. Arrebentaria a criança por inteiro antes de conceder-lhe o descanso da morte. Repetiu, assim, os movimentos à exaustão, e somente quando o conteúdo aquoso dos pulmões começou a confundir-se com o do estômago admitiu, atônito:

— Ele não reage, mamãe!

Dona Alda ensurdeceu para a sentença fatal. Jogou-se sobre o corpo do neto, abraçando-lhe junto ao peito, antes de calar toda a fauna noturna com um grito contestador, gestado nas entranhas da alma:

— Não!!! Ele não morreu!!! Acorda, meu filho! Acorda, meu bebezinho!

— Ele tem que ir para o hospital, Alda. — sugeriu Netinha, desviando o olhar do cadáver.

— Sim. Vamos voltar para o Rio... Levem ele para o carro. Agora! — ordenou o avô, apanhando a chave nos bolsos.

Rejeitaram o pronto atendimento local. Quanto mais tardassem o encontro com a terrível verdade tanto melhor. No banco do passageiro, o menino foi posto deitado no colo dos tios. Já estava enrijecendo. Com o pé afundado no acelerador, Osvaldo iniciou a viagem de volta com a rapidez de um relâmpago. Teve, todavia, a infelicidade de cruzar uma blitz da Polícia Rodoviária Federal na altura de Itaguaí. Foi imediatamente parado. Todos no veículo suavam frio diante da possibilidade de prisão em flagrante por transporte irregular de cadáver. E assim seria, se não fosse a agudeza de Samara.

— Identificação, por favor.

Osvaldo, com as lágrimas já enxutas, entregou ao oficial.

— O senhor estava a quase duzentos por hora. Por quê? — indagou, examinando a validade da carteira de motorista.

— Desculpe, Senhor. É que nossa irmã está em trabalho de parto. Moramos no Rio. Ela está sozinha... — adiantou-se Samara.

— Entendi…

— E essa criança… — fitou atentamente o rosto inexpressivo do menino. — Está tudo bem?

— Ah! Esse aqui brincou na Serra até cansar. Quando entrou no carro, dormiu — descontraiu, acariciando os cabelos do sobrinho.

— Tudo bem. Vou deixar vocês irem por conta da sua filha. Mas tenha cuidado com a velocidade — arrematou o oficial, devolvendo os documentos ao motorista.

Retomado o caminho, choraram por toda a viagem a própria frieza. Ao chegarem à capital, ligaram para a mãe de direito. Ela já aguardava pelos familiares, ensandecida, na entrada do hospital.

— Afogamento? — indagou um plantonista, repousando o corpo sobre a maca.

— Sim. Diga que ele vai ficar bem, doutor. Diga que meu filhinho vai ficar bem — suplicava dona Alda, agarrada ao médico.

— Senhora. Esta criança já morreu há muito tempo — suplicou, circunspecto.

Um calafrio mordaz percorreu as espinhas dos familiares. Não existe, em nenhuma das línguas faladas, um significante adequado para o desespero que se origina no irreversível. Com os rostos caídos sobre o gélido chão do hospital, restava-lhes procurar, no ladrilho, ao menos alguma razão, alguma fajuta resposta que atenuasse a dor do irremediável. Nada encontravam. Padeciam, inconsoláveis, sob o olhar acrítico de um estoico Universo, amaldiçoado por fazer jus à implacabilidade das suas leis, à falta de intencionalidade das suas ações.

∴

Os meses que se seguiram foram de intenso luto e melancolia. Isabel caiu nas garras da anorexia nervosa, internou-se. Osvaldo afastou-se de tudo e todos. Abel montou um santuário de coisas do sobrinho no próprio quarto. Samara desistiu de estudar, após dar-se conta que de nada valera o que havia aprendido. Dona Alda, por sua vez, elaborava o luto de uma forma diferente dos demais. Logo após o enterro, a velha senhora passou a ter visões do neto brincando pela casa. Andava como uma desvairada acompanhando as peripécias do fantasma. Certo dia, surpreendeu os parentes ao adentrar a residência com uma máquina fotográfica profissional; havia ouvido que os espíritos apareciam nas fotos. Era a chance de mostrar aos familiares descrentes que não havia razão para lamentos, posto que o neto estava mais perto do que nunca.

— Viram!? Viram!? — escancarava a "prova" com o êxtase de um cientista de laboratório.

— Thiago está morto, Alda! Morto! — reprovou o marido, esmurrando a mesa.

— Calma, papai! — arrefecia Samara.

— O velho está certo. A senhora não vê o mal que nos faz com essa maluquice?! — reforçou o filho o inconformismo do pai.

— Juro por Deus que ele está ali! Olhem... — apontou a velha para uma pilastra. — Meu filho está brincando com aquele menino loirinho do riacho. Vocês riram de mim, mas o menino estava lá. Era um anjo! Um anjo! — repetia, com a genuína convicção dos loucos.

Apostaram que era passageiro, mas não foi. Os delírios de dona Alda se intensificavam. A família escolheu tomar a sério a presença de um espírito, uma vez que os traumas eram muitos para assumirem também a loucura da mãe. Incentivados por uma conhecida, buscaram auxílio espiritual em um centro umbandista nos arredores do Maracanã. Ali, foram recebidos no gabinete da própria ialorixá, que já os aguardava vestida em paramentos baianos. O rufar dos atabaques preambulou o transe. Incorporada por uma preta-velha, Mãe Noquinha da Angola iniciou nestes termos:

— *Vovó Cambinda vai dizê a suncê o que suncê qué sabê...* — disse, baforando um cachimbo velho. — *Si menino Thiago ainda anda do lado mãe. Egun, misifios! Egun!*

— Significa que ele ainda não sabe que desencarnou... — explicou um auxiliar que acompanhava o atendimento. — E o que eles devem fazer, vovó?

— *Ih! Misifios vai ter que firmar pra Nanã. Vai levar um ebó na beira daquele rio, na próxima lua cheia. Nanã vai recebê si menino!*

Enfurecida, dona Alda soergueu-se da cadeira:

— Meu filho não vai sair do meu lado, velha intrometida! — protestou, abandonando o centro aos insultos.

Os constrangidos remanescentes ainda tiveram tempo para ouvir as últimas palavras da entidade:

— *Escutem vovó, misifios... Si menino vai brincar. Si menino vai brincar.*

Um alguidar, velas e batatas roxas amassadas e mel. Era a receita para a oferenda ao orixá. Isabel, a mãe de direito, juntou-se ao pai e aos irmãos. Decidiram fazer o ritual sem a mãe de fato, que descansava em casa na companhia de uma empregada e do neto fantasma. O choque por retornar ao fatídico lugar atrasou o procedimento em alguns instantes. No devido tempo, depositaram a oferenda nas margens do riacho, na esperança de que o tormento sobre a família abrandasse de algum modo. Ao fim, tomaram o caminho de volta. Já se passava da meia-noite quando viraram a esquina de casa, na Glória. Estranharam, contudo, uma figura conhecida perambular, como louca, em frente à calçada: era a empregada.

— Que houve, Jandira? — perguntou Osvaldo, pondo-se para fora do carro.

— Senhor, a dona Alda... Na cozinha. Ela... Eu não sei como. Eu não vi! Eu juro!

Pressentindo o pior nos olhos da funcionária, correram imediatamente para os fundos da propriedade. Para espanto de todos, enforcara-se dona Alda no alto de uma viga. Pendurado entre os dedos dos pés, um bilhete: "Fui brincar com o meu filho".

∴

Os policiais chegaram ao local minutos depois. Sem muito o que investigar, redigiram o inquérito e deram o caso por encerrado. Faltavam apenas as fotografias para os arquivos.

— Imprimiu a foto, Vianinha? — indagou o delegado Pimentel ao investigador.

— Saindo agora mesmo, senhor.

Apanhando o papel, Viana manifestou alguma surpresa.

— O que houve? — inquiriu Pimentel, inquieto.

— É melhor o senhor ver...

Dona Alda, dependurada com uma corda de pesca em volta do pescoço, estava retratada fielmente e em cores. Tudo parecia nos conformes, exceto por um detalhe. No canto inferior do papel, na altura dos pés da defunta, arvoravam-se dois vultos luminosos, aparentemente amoldando duas figuras de pequeno porte. Afeito às explicações racionais, Pimentel prontamente desdenhou aos risos:

— Isso é o reflexo do flash.

— Não tirei a foto com flash, senhor. E essa luz não aparece na imagem da câmera… Veja! — disse, escancarando-lhe a prova.

— Ah! Então deve ser a tinta da impressora… O cartucho já estava nas últimas.

Transpassado por um calafrio, o investigador retrucou:

— Foi trocado esta manhã, senhor.

DA TOCATA

Na saída do culto, Renato abordou seu irmão com entusiasmo:

— George. Tu nem sabe a mamata que eu arranjei pra gente, mano!

— Conta.

— O Marcelo tá precisando de uma charanga de carnaval, quer um showzinho para uns barões lá de Ipanema. Adivinha quanto!

— Quanto?

— Quinhentos...

— Pouco...

— Pra cada músico, idiota! Eu no sax, Otaviano no trompete, Alfredo no tarol e tu no trombone. Mas a gente só repassa quatrocentos pros outros e fica cada um com oitocentos contos — completou Renato, esfregando as mãos.

— Porra! — exclamou George, arregalando os olhos.

— E a gente nem precisa tocar muito, maninho. Enrolamos duas horinhas e depois metemos o pé. Posso contar contigo, né?

Pensativo, George responde:

— Não sei se posso ir, mano.

— Quê? Por quê?

— É a Giselle... Entrei pra igreja por causa dela. Tô levando a sério. Não sei se...

— Ei! Pode parar com essa porra. Vai deixar de ganhar oitocentas pratas por causa de igreja, de mulher?! Só faltava essa!

— Quando vai ser?

— Sexta que vem. Te passo o endereço pelo zap.

— Vou tentar conversar com a Giselle...

∴

No dia seguinte, George foi à casa da namorada para conversar sobre a proposta do irmão.

— Não! Você não vai — respondeu Giselle, decididamente.

— É só dessa vez. São oitocentos reais, amor! Vou poder te levar pra jantar naquele restaurante de Botafogo. Lembra?

— Não, George!

— Ninguém vai saber de nada, chuchu. Fica só entre nós.

— Não vai ficar só entre nós. Hoje em dia, ninguém faz quase nada escondido. Se tirarem uma foto tua nessa festa, todo mundo vai saber. E se chegar nos ouvidos dos irmãos da igreja? Já pensou nisso?! Os levitas vão ficar cochichando a meu respeito. O pastor vai me chamar a atenção. Sem falar nos meus pais. Com que cara vou olhar pra eles, George, depois de garantir que você era um homem temente a Deus?!

— Mas eu também preciso do dinheiro pra pagar umas contas, meu amor. Tente entender...

Avessa a negociações, Giselle lançou um ultimato:

— Você vai ter que escolher, George: eu ou essa tocata.

— Meu bem, não faz assim...

— Não tem conversa. Eu ou a tocata!

— Por favor, meu amor... — implorava o rapaz, num gemido.

— Preste atenção, George: eu ou a tocata!

∴

Quebrando a cabeça em conjecturas infinitas, o jovem foi para casa e se manteve pensativo a semana inteira. Amava o dinheiro, mas também amava a mulher. Impressionava como algumas coisas que costumam andar sempre juntas podem, a depender das circunstâncias, opor-se irremediavelmente: "Desconheço outra mulher no mundo capaz de rasgar dinheiro. Ela é a única!", lamuriava nos ouvidos do irmão. Forçado a escolher, George bateu à porta de Giselle, dias depois, com a decisão.

— Então, você vai para a tocata? — inquiriu a menina, seriamente.

— Não... Eu não vou mais pra tocata — respondeu o namorado, tristonho.

— Ah, meu amor... — exultou, lançando-se nos braços do amado. — Não fique triste. Não fique triste. Tenho uma surpresinha pra você...

Após alguns beijos e carícias, Giselle trancou a porta do quarto, colocou-se de quatro sobre a cama e ergueu, com uma das mãos, seu vestido de bolinhas. Já estava nua em pelo. George mirava a outrora idealizada nudez da pudica parceira como que tomado por um êxtase angustiante. Sua ignorância, enfim, dissipava-se perante um traseiro tão belo e virginal que nem nos sonhos mais lascivos havia visto semelhante.

— Como foste um bom menino, aqui está. É todinho seu! — ela gemeu, calidamente.

DO MATRIMÔNIO

Era o sétimo casamento de Sampaio em menos de quatro anos. Muito embora os amigos recebessem com enorme amabilidade o convite para um novo matrimônio, os comentários tornaram-se inevitáveis pelas mesas de bar:

— Sampaio é um predador! Mulher não dura uma semana na casa dele.

— Aposto cem como ele é brocha! — interpelava um, atirando uma nota amassada sobre a mesa ferrugenta.

Debochado, o amigo se restringia a dar a mesma resposta:

— Nenhuma das minhas esposas pode realizar meu fetiche mais de uma vez.

∴

A felizarda da ocasião era Desirée. Uma jovem donzela da Baixada Fluminense escolhida a dedo por Sampaio, que, ao bater o olho na fulana, passou a cortejá-la tal qual um príncipe de conto de fadas. Foi tiro e queda. Com o passar dos meses, Desirée se via envolta em uma daquelas paixões dionisíacas que escravizam a mulher, ensurdecendo-a para os conselhos dos mais velhos:

— Menina, abre teu olho… O sujeito se casou seis vezes. Tu vais ser só a sétima!

— Tudo intriga! — respondia, dando de ombros.

O casório estava marcado para acontecer na igreja de São Paulo Apóstolo, a mesma que havia sido palco dos matrimônios anteriores. Tudo foi pago por Sampaio, que fez uma única exigência à prometida:

— Escolha o vestido que for, mas deixe os cabelos à mostra.

E assim Desirée fez. Agarrada nos braços de um tio, adentrou ao templo com o vestido de noiva mais belo que achou nas butiques da Zona Sul, deixando à mostra suas longas madeixas ruivas, que estavam, por sua vez, penteadas com trança espinha-de-peixe e adornadas por uma tiara de zircônia escolhida a dedo para o grande dia. À exceção do noivo, que fitava o corpo da prometida com a atenção de um caçador, todo o público acompanhava, aos prantos, os passos hesitantes de Desirée que, dentro em pouco, seria reconhecida como uma estimada grã-fina carioca.

∴

Na tarde seguinte ao casório, que adentrou a madrugada com um refinado comes-e-bebes, os apaixonados partiram rumo à lua de mel. Seguindo o mesmo roteiro das anteriores, Sampaio arrastou a noiva para um hotel isolado na enseada do Jatobá, em Paraty. Deslumbrada, Desirée sentia-se em um genuíno conto de fadas. De forma alguma as semelhanças com as antigas noivas assombravam a atual, que a cada cálido beijo do parceiro reafirmava para si mesma:

— Todas foram pontes. Eu sou a última!

Após um dia de diversão nas instalações do hotel, os pombinhos partiram rumo ao quarto onde Desirée se "consumaria mulher". Com as têmporas pulsando em um compasso animalesco, jantaram-se a si mesmos por toda a madrugada. Tudo foi conduzido pelo marido sob os auspícios do Kama

Sutra. Era um mundo novo que se descortinava perante a inocência de Desirée, que descobriu, naquela noite, o quanto dor e prazer estão imbricados em uma equação de equivalência.

— Foi maravilhoso. Mas você quase arranca minha cabeça, meu benzinho...

— Jura? — surpreendeu-se o rapaz.

— Sim. No pé da cama, você puxou meu cabelo de um jeito que achei que arrancaria meu cérebro.

— Perdão. Sou apaixonado nos seus cabelos. Eles têm um cheiro tão... Tão... Único — disse, afundando o nariz nas madeixas da esposa.

— Estava bonito mais cedo. Você desgrenhou todinho, seu safado!

— Adoraria pentear.

— Batata?

— Batata!

— Agora ou depois do banho?

— Agora! Esse seu cheiro de suor me deixa... — confessou, colocando a mão da companheira por baixo do lençol.

— Já entendi tudinho... Fetiche!

— Você deixa? — suplicou o marido, manhoso.

— Claro, meu príncipe. É todo seu — disse-lhe, lançando os cabelos no rosto do esposo.

— Ah! Não precisa pôr a roupa.

Com o aceite da esposa, Sampaio apressou-se em apanhar uma cadeira de madeira que estava próxima do criado-mudo. Ali, sentou a amada, que estava estranhamente curiosa para ver a peripécia do marido. Mecha a mecha, o recém-casado passeava com o pente pelas madeixas de Desirée como se estivesse tocando uma lira de cordas escarlate. Sua excitação era incontida.

— Nossa. Você realmente gosta de pentear...

— Você não sabe quanto. Só mais um pouquinho. Tô quase lá, minha princesa... Tô quase lá!

Após finalizar a última mecha, Sampaio despertou Desirée de seu relaxamento com urro assombroso:

— É agora! É agora!

Junto ao gozo do sujeito, um agudo som laminar soprou ao pé do ouvido da mocinha. As pontas de uma tesoura haviam se encontrado. Sentindo sua cabeça mais leve, Desirée passou a mão por de trás da nuca e deu falta de suas belas madeixas. Desesperada e confusa, a menina avistou o amado empunhando o corte com um olhar diabólico. Suas últimas palavras foram:

— Quero o divórcio, vagabunda!

DAS COLUNAS DO TEMPLO

Metido no mais fino terno preto, Aldair apanhou um táxi rumo à sede da Grande Loja Areópago de Seropédica, que naquela noite de quinta-feira realizaria a última reunião do ano antes do recesso de Natal. Tratava-se de um compromisso inadiável, cuja importância era somente equiparada ao seu nervosismo. A causa do tormento? Um comunicado assombroso que deveria fazer aos confrades. Tão importante que não poderia ser cochichado na Sala dos Passos Perdidos, precisaria ser feito em sessão ordinária e lavrado em ata! Durante todo o trajeto, o ensurdecido Aldair ouviu apenas o galopar impetuoso do seu coração, até o momento em que a voz grave do taxista interrompeu seus devaneios e preocupações:

— Deu trinta reais, senhor.

— Tome quarenta e fique com o troco — arrematou, enquanto mirava, apreensivo, seus sereníssimos irmãos se aproximarem da porta do templo.

∴

A Grande Loja Areópago de Seropédica já se aproximava da terceira década de existência. Infelizmente, por brigas políticas e ganâncias de sua membresia, viveu a maior parte desse tempo à margem da lei das grandes potências reconhecidas. Tornou-se espúria, mas nada que a impedisse de sobreviver e conservar alguma influência, ainda sendo capaz de agregar em suas fileiras um número considerável de obreiros, alguns dos quais eram figuras importantes do comércio e política locais. Sendo aquela a última sessão do ano, surpreendeu que boa parte dessa egrégora estivesse composta. Na sequência da abertura da loja e das liturgias que principiam todas as belas sessões da Maçonaria Adonhiramita, o Venerável Mestre, coronel Antônio, avançou para a Ordem do Dia:

— Amado irmão Simón Bolivar, digníssimo Secretário, dai-nos conta da pauta da Ordem do Dia.

— Venerável Mestre! — iniciou o Secretário, revirando os papéis. — Não temos muitos assuntos. O principal diz respeito à sindicância de dois profanos que desejam ingressar em nossa Ordem.

— Quem realizou as sindicâncias?

Um irmão ergueu o braço direito pedindo a palavra ao Venerável Mestre:

— Amado irmão Francisco Goya, estás com a palavra.

— A sindicância seria conduzida por mim, mas não pôde ocorrer. Os profanos não compareceram no horário combinado por conta de imprevistos profissionais.

— Obrigado, amado irmão — suspirou o Venerável Mestre, um tanto frustrado. — Pelo visto, perdemos o principal assunto em pauta para a reunião de hoje. Algo mais, irmão Secretário?

— Sim, Venerável Mestre. Foi depositado no Saco de Propostas e Informações um pedido da palavra. O nosso amado irmão Hermes Trismegisto gostaria de fazer um comunicado.

— Meu amado irmão, Hermes Trismegisto! — vibrou da cadeira de Salomão, ofertando um largo sorriso para o obreiro sentado na Coluna do Sul. — Graças ao Grande Arquiteto, você veio em nosso auxílio para preencher esse tempo que ficou inesperadamente vago na sessão de hoje. Vais comunicar a apresentação de alguma das suas pesquisas no Quarto de Hora de Instrução? Certamente é algo que vai nos render boas reflexões... Aprendizes, preparem-se! — disse, com ardor.

— Na verdade — interpelou o irmão, colocando-se de pé e à ordem —, tenho outro tipo de comunicado a fazer, Venerável Mestre.

— Pois muito bem. O que o irmão gostaria de comunicar a esta Respeitável Loja?

Um silêncio sepulcral dominou a sessão por dois infindáveis minutos. Aldair, emudecido tal qual um aprendiz, olhava, aflito, para as mãos como se procurasse um único remendo de frase do discurso preparado às vésperas. Aquele silêncio denunciou a todos que algo estava mal. Os olhares inicialmente sonolentos dos obreiros se semicerraram como os de águia, fitando escrupulosamente o claudicante Aldair. Só após um sonoro pigarro, enfim, ecoou pelo templo uma revelação de assear os ouvidos:

— Eu sou uma mulher!

∴

Foi na própria Areópago que Aldair ingressou nos mistérios da ordem maçônica. Tinha vinte e cinco anos quando cruzou a fronteira simbólica que separa os forasteiros dos irmãos. Desde então, dedicou mais de duas décadas a desbastar sua pedra bruta. O que encontrou voltando-se para si? Descobriu-se mulher, uma descoberta que lhe custou o casamento, o patrimônio, a presença dos filhos e outros tantos agravos. Aldair estava decidido que não perderia mais outro amor em sua vida: "o Areópago", como carinhosamente chamava sua loja de origem. Ingênuo, investiu na transparência. Sua baratinada revelação, em vez de compadecer os irmãos de longa data, os repeliu. Era de esperar. Não obstante espúria, a loja prezava por alguns marcos da maçonaria tradicional; a exclusividade do masculino era uma delas. No dia seguinte ao episódio, levou-se o caso para o Sublime Conselho de Mestres Maçons, que, sem surpresas, votou unanimemente pela convocação do irmão, sendo-lhe enviado o seguinte bilhete:

À Glória do G∴ A∴ D∴ U∴

Convocatória

Na qualidade de Presidente do Sublime Conselho de Mestres Maçons da Grande Loja Aerópago de Seropédica, convoco o Ir. Aldair dos Anjos (Hermes Trismegisto) a comparecer à sessão extraordinária deste colegiado, em local oculto aos profanos, no dia 19/08 (sexta-feira), às 20h00, a fim de fornecer explicações acerca dos recentes acontecimentos.

P.S.: "Quem muito fala trai a confidência, mas quem merece confiança guarda o segredo" (Provérbios 11:13).

T∴ F∴ A∴

Ir. Benedito Alvarenga (Afonso Pena)

O comunicado era claro. Uma ação disciplinar estava em questão, e Aldair tinha exatos sete dias para elaborar uma estratégia de defesa no mais absoluto sigilo. Seguindo o protocolo, lançou o bilhete ao fogo. Com ele, ardia também uma centelha de esperança. Era a oportunidade de ser ouvido, a chance de ser, enfim, aceito. "Aceito?", ponderou, recobrando a preocupação.

.·.

Os sete dias passaram fugazes. O grande salão estava devidamente preparado para a oitiva. O conselho, presidido pelo experiente advogado criminalista Benedito Alvarenga, estava composto e em toga. Aguardavam apenas a chegada de Aldair. Nesse ínterim, entre uma xícara de café e outra, os bodes velhos especulavam em cima do caso na Sala dos Passos Perdidos.

— Então, ele nasceu homem ou mulher? — perguntou um amaciando a barba longa.

— Descobriu-se mulher!

— Conversa! Se tem pau é homem — resmungou um terceiro.

— Eu estou em choque. Nunca pensei que o Aldair fosse…

— Ninguém pensou, rapaz! É um escândalo, um escândalo!

— Sou pela expulsão! — bradaram.

— Eu também!

— De acordo!

— Acalmem-se, irmãos, acalmem-se! — interpelou Alvarenga, impostando a voz grave. — Está claro que ele não pode ficar entre nós... Mas o importante é resolvermos tudo entre colunas. O mundo está mudado. Com a internet, essa história tem o potencial de se alastrar como pólvora. Não queremos a imprensa contra nós. Então, temos que agir com inteligência durante a oitiva. Tudo tem que ser resolvido de forma amigável, sem agressividade.

Os ânimos arrefeceram. As xícaras de café se multiplicavam. Os visitantes autorizados já estavam presentes. Aldair, entretanto, ainda não havia aparecido. Passada uma hora e inúmeras ligações, preocuparam-se. O temor da exposição pública do caso invadiu o coração de Alvarenga, um homem cuja vida fora sempre pautada por uma calculada discrição.

— Para a casa dele, agora mesmo! — ordenou, apanhando a bengala.

Uma comitiva rapidamente se organizou. Passados vinte minutos, cerca de dez homens de preto já estavam junto à porta de Aldair, em Duque de Caxias. Sem resposta à chamada da campainha, giraram a maçaneta. A porta estava aberta. Avançaram em fila indiana pelo corredor principal chamando pelo nome do irmão. Nada se ouvia de volta. Até que o silêncio foi rompido por um grito pavoroso advindo de outro cômodo. Um membro desgarrado da comitiva achara algo no escritório.

Ao cruzarem o batente da porta, surpreenderam-se todos com o corpo do irmão estirado sobre a poltrona. Com a face conspurcada por uma fétida língua enegrecida, jazia Aldair, devidamente paramentado em seus trajes maçônicos. No chão, um papel rodeado de pílulas foi apanhado por Alvarenga, onde se lia apenas o princípio da defesa do morto: "O Gênero está em tudo. Tudo tem o seu princípio masculino e o seu princípio feminino. O gênero se manifesta em todos os planos da existência — KYBALION".

A consternação dos irmãos contrastava com a calma de Alvarenga diante da tétrica cena de suicídio. Após guardar o papel no bolso interno do paletó, o exímio advogado sussurrou ao ouvido do coronel Antônio, Venerável da loja:

— Infarto! Suma com os remédios.

DO DESCONSTRUÍDO

Arthur e Bárbara se conheceram não tinha muito tempo. Ele suburbano, ela da Zona Sul, tiveram seus destinos cruzados graças a um desses encontros fortuitos dentro de uma livraria. O rapaz havia entrado no estabelecimento à procura de um livro recém-publicado pelo físico teórico Roger Penrose, mas acabou saindo na companhia da bela morena, que, de quebra, persuadiu-o a trocar o livro do cientista inglês por uma das obras de Júlio Cortázar. O encanto foi imediato. Tanto ela quanto ele se apaixonaram à primeira vista. Babi, então com trinta e três anos, estava como que hipnotizada pelo olhar esverdeado e pelos traços delicados do rapaz. Arthur, então com vinte e três anos, parecia não acreditar que aquela mulher tão erudita e encantadora estivesse interessada por ele, que havia saído de casa vestindo a primeira camiseta de super-herói achada no guarda-roupa.

Os quatros dias seguintes foram de intensa paixão. O ponto de encontro dos amantes era sempre o jardim do Palácio do Catete, onde protagonizavam beijos acalorados, que seguramente despertavam a nostalgia ou a inveja nos casais protocolares, aqueles cujo fogo da paixão se apagara havia muito.

— Você já percebeu como nosso beijo tá encaixando melhor a cada dia? — disse a mulher, deslizando delicadamente os dedos pelo rosto do amado.

— Demais! Acho que tô gostando de você, Babi.

— Eu também.

— Jura?

— Juro! Tenho boas expectativas pro nosso relacionamento. Vi ontem no mapa que nossa Vênus está jubilada na casa cinco.

— Uau! Na casa cinco?! — indagou o rapaz, fingindo interesse.

— Sim.

— E o que isso quer dizer?

— É a casa da criatividade, dos amores, dos namoros, dos noivados... Dos filhos, por que não?

Babi continuava explicando sobre o significado das casas astrológicas com entusiasmo. Suas mãos transpareciam o grande interesse por aquele assunto, que soava cada vez mais entediante aos ouvidos do rapaz. Não poderia ser diferente. Muito embora a amada demonstrasse amplo conhecimento sobre cabala e astrologia, Arthur era estudante de Cosmologia no Centro Brasileiro de Pesquisas Físicas, na Urca, de forma que a mínima centelha de esoterismo astral lhe era digna de um instantâneo desprezo.

— Então, nosso futuro já está escrito nas estrelas? — desdenhou Arthur. — Sobre o que mais essa casa cinco fala? Algo sobre se vou ganhar a bolsa de doutorado ano que vem?

Após a fala zombeteira do amado, o semblante apaixonado de Babi adquiriu aspecto sombrio.

— Já havia percebido isso em você — falou a moça, com o cenho levemente franzido.

— O quê?

— Esse seu desdém com saberes de fora do establishment universitário.

— Até parece!

— É sim! Até minhas ideias sobre feminismo vegano incomodam você, Arthur.

— De onde você tirou isso, Babi? Nunca critiquei seu estilo de vida.

— Ah, não? E o que foi aquilo na saída da rotisseria?

— Aquilo o quê?

— Não lembra do que estávamos falando na saída da rotisseria?

— Sei lá. A gente falou sobre tanta coisa, amor...

— Óbvio que não lembra. Isso é típico de hétero cis branco. Só quer falar e nunca ouvir. Ainda mais se for mulher!

— Calma, Babi. Calma, por favor! Eu estava falando sobre quadrinhos, aí depois você estava fazendo um comentário sobre... sobre...

— Sabe o que eu estava fazendo, Arthur? — interpelou, irritadiça, lançando para longe o seu cigarro orgânico. — Eu estava fazendo o favor de expandir essa sua mente embotada. E por quê? Porque queria que o meu namorado repensasse os hábitos dele. Porque queria que o meu namorado não fosse um babaca que não entende que tanto nós, mulheres, quanto os animais somos corpos renomeados, coisificados, prontos para sermos consumidos pelo patriarcado opressor. Mas nem pude terminar de falar porque você foi logo me cortando e dizendo que isso era "histeria de feminista hippie". Eu fiz vista grossa. Preferi engolir essa sua grosseria calada. Mas daí a vir com esse deboche gratuito sobre a minha especialidade enquanto estamos num momento romântico... Aí já é demais, cara!

— Nossa... — suspirou o rapaz, com certa satisfação.

— Do que você tá rindo, Arthur?

— Você me chamou de namorado — afirmou, com o olhar resplandecente.

— Sinceramente, já nem sei mais se merece ser — retorquiu a morena, com os braços cruzados.

— Oh, meu amor, não faça assim... — suplicou Arthur, com ar manhoso. — Reconheço meu erro. Não devia ter debochado do seu... dos seus interesses. Prometo que não vai mais se repetir. Juro pelo nosso namoro!

Fitando seriamente o amado, Babi apontou o indicador rente ao nariz do rapaz, antes da advertência:

— Ouve bem, Arthur. Se você quer namorar comigo, esteja logo avisado de que ainda tens muito o que desconstruir...

∴

Três meses se passaram, e o amor avassalador dos namorados passou a ser entremeado por longas discussões desencadeadas, quase sempre, em virtude das abismais diferenças de pensamento que foram sendo descobertas com o passar das semanas. Sem saber como gerir a relação, Arthur foi buscar conselhos com um amigo em um bar no Méier.

— Quer dizer que a patroa está te colocando nos eixos? — ironizou Nelsinho.

— Porra. Nem me fala. Eu tenho cedido quando posso... Olha essa camisa, Nelsinho. — Em notório desgosto, murmurou, apontando para a vestimenta cor de terra. — Pois é, foi ela!

— Normal. Os casais tendem a adquirir o mesmo estilo... De bicho-grilo, no caso — brincou o amigo.

— Ah! Mas, se fossem só as camisas, seria lindo. Ela tem exigido coisas que são difíceis de engolir, Nelsinho.

— Tipo o quê?

— Tipo o quê!? Vejamos. Semana passada ela abriu o histórico do meu computador e fez um escândalo porque viu meus acessos no XVideos. Me fez ler uma reportagem imensa sobre a desumanização da indústria pornográfica e coisa e tal. Resumo da ópera: ela agora fiscaliza meu histórico de navegação no celular.

— Que situação... Beba um pouco, beba um pouco — disse Nelsinho, repondo cerveja no copo do amigo.

Após sorver toda a bebida, Arthur murmurou:

— O pior é que eu amo essa filha da puta. É por isso que não larguei ainda. Mas não sei como fazer a Babi me deixar em paz. Quero que ela pare de me regrar, de me obrigar a fazer coisas que eu não quero... Tá foda, Nelsinho.

— Se queres que ela te deixe em paz, meu parça, vai ter que dar aquilo que ela mais quer.

— E eu sei lá o que ela quer, Nelsinho! Toda hora implica com alguma coisa.

— Não, não... Há uma coisa que ela "mais" quer.

Arthur captou no olhar malicioso do amigo do que se tratava.

— O quê?! Aquilo?

— É, Arthur... Não se faça de desentendido.

— Nem por um caralho!

— Rapaz...

— Rapaz nada! É a minha honra! — objetava assertivamente o rapaz.

— Me escuta, Tutu... Mulher é um bicho exigente, homem é um bicho de concessão. A exigência feminina vai continuar até o fim dos tempos; o que muda são as concessões que os homens devem fazer. Essa é uma lei da vida, meu chapa. O que ela quer? Por trás dessa baboseira de desconstrução masculina, ela quer "a" demonstração. Quer ter a certeza de que ela é o que há de mais importante, de que ela é a dona do teu sentimento. A desconstrução é apenas o sacrifício que o "Rei Arthur" deve fazer pela princesa Barbara. Já vi esse filme, amigo. Essa neurose só vai ter fim quando abrires mão de algo muito importante por ela. Se topares, meu maninho, vai ser tudo lindo. Vai por mim!

∴

A experiência de Nelsinho com o sexo oposto fez Arthur levar o conselho do amigo em consideração. Decidido a cair sobre a espada, o rapaz partiu, ao anoitecer, rumo à casa da namorada. Cruzou a porta dando-lhe um beijo de lua de mel. Entre suspiros e apalpões, o rapaz sussurrou calidamente no ouvido de Babi:

— Estou pronto para dar o que você quer.

Espantada, a garota sentiu o coração palpitar de emoção. Mas, em respeito ao nervosismo do namorado, restringiu-se a sussurrar uma frase fatal ao pé do ouvido do infeliz:

— Vou pegar o meu cintaralho!

DO PASTOR

Já passava das vinte e duas horas quando o pastor Cláudio chamou a atenção da irmã Cristina apontando para o seu Rolex Datejust. Esse era o indicativo de que estava na hora da diaconisa chamá-lo para proferir a benção apostólica, momento que marcava o fim do culto dominical na Congregação Cristã de Campo Grande. Deixando para trás sua acolchoada e exclusiva cadeira feita em mogno, o pastor se dirigiu ao púlpito trajando, por cima do tagliatore clássico, vestes de saco, que eram usadas em todos os cultos a fim de demonstrar a vida austera, sóbria e humilde que todo cristão deve levar.

— Antes de passarmos à benção apostólica, meus irmãos. Dois informes — ponderou o dirigente impostando a voz. — Primeiramente, gostaria de lembrar que a carreata do nosso irmão e candidato a deputado estadual Gonçalo Fonseca ocorrerá na próxima quarta-feira, às oito horas, no calçadão. Nem preciso dizer que nós, o povo de Deus, marcaremos presença nessa reta final da campanha, para garantir que na Assembleia Legislativa tenha um eleito do Senhor para representar o seu povo. Amém, igreja?

— Aleluia! — concordaram os fiéis, erguendo as mãos.

— Em segundo lugar, gostaria de reforçar que nossa campanha dos vinte por cento para Cristo já começou. Então, aos irmãos que ainda não estão participando, peço que procurem urgentemente nosso tesoureiro, irmão Adalberto, com o extrato bancário atualizado para que possamos abater um quinto do salário e repassar o carnê anual dessa campanha, que trará, pela glória de Deus, uma chuva de bençãos na vida daqueles que plantarem essa semente. Dito isto... Que a graça do Senhor Jesus Cristo, o amor de Deus e a doce comunhão do Espírito Santo estejam com todos. E a igreja diz!?

— Amém! — completaram os fiéis, que, entusiasmados, buscaram logo a pessoa do tesoureiro.

Após um rápido e seco cumprimento aos irmãos, Cláudio se desfez das vestes de saco e se dirigiu a passos largos até os fundos do templo, onde ficava seu bem guardado gabinete. Tão logo se aproximou da porta, seu segurança o abordou e falou-lhe, ao pé do ouvido, sobre um "problema a ser resolvido".

— Leve mais três homens. Quero ver os dois pra já, Moisés! — bradou o pastor, de cenho franzido.

— Deixe comigo, senhor.

∴

A algumas quadras dali, os comerciantes Cleovaldo e Tio Paulo se preparavam para fechar suas respectivas lojas de varejo quando foram abordados pelos capangas do pastor, que, com truculência, os conduziram até os fundos da igreja. Instantes depois, os recém-chegados adentraram o gabinete do pastor Cláudio segurados pelo colarinho por Moisés, que logo anunciou:

— Aqui estão os caloteiros, senhor!

Sentado atrás de uma rústica escrivaninha, onde descansava uma Bíblia, um revólver e uma jarra com água, o pastor fitava os comerciantes com um olhar sombrio e inquisidor. Porém, antes mesmo que pudesse falar, Tio Paulo irrompeu o silêncio balbuciando algumas desculpas que vinha matutando no curto caminho até a igreja.

— Oh, pastor! Eu já estou… Ou melhor, eu estava com o dinheiro para quitar minha pendência com o senhor. Quer dizer, com a igreja. Para quitar minha pendência com a igreja. Mas lembra da minha caçula, Heleninha? Ela tem aquela deficiência, nasceu perneta. O sonho dela sempre foi andar como uma pessoa normal… Ah, pastor! Era de cortar o coração ver a pobrezinha deprimida em frente ao portão apenas assistindo as criancinhas brincando, correndo alegres uma atrás da outra. Jurei que, quando ela atingisse a idade adulta e parasse de crescer, compraria uma prótese. Juntei dinheiro todos esses anos. Mal sabia eu que comprar uma perna postiça é barata se comparada com a fisioterapia. Um roubo! Mas o que posso fazer se o sonho da pobrezinha é esse, andar!? Nesses meses, tenho gastado o que tenho e o que não tenho para tornar isso realidade. O senhor não imagina os perrengues que estamos passando lá em casa por conta dessa gastança. Mas com fé em Deus irei lhe pagar. Só estou, como se diz, despindo um santo para cobrir o outro! — arrematou, com um sorriso amarelo.

— Hum… Então, o senhor acredita em Deus? — indagou o dirigente da igreja, repousando a mão sobre a arma.

— Sim! Claro que sim, pastor. Apesar de não estar frequentando a igreja eu acre…

A resposta do sujeito foi interpelada por um disparo certeiro desferido por Cláudio, que, ainda com o indicador no gatilho, arrematou secamente, olhando para o outro:

— Esse aí, mandei pra Deus!

Com o rosto respingado pelo sangue alheio, Cleovaldo observava, estupefato, o corpo desfalecido do colega tombar sobre o chão. A adrenalina em seu corpo afugentou completamente a desculpa que havia acabado de inventar para o não pagamento da "mesadinha da igreja".

— E você, Cleovaldo? — retomou o pastor, com a arma apontada para o sujeito.

— Pastor! Per... Per... perdão, pastor! Eu juro que vou lhe pagar agora mesmo. Aqui! Aqui! — trêmulo, colocou um envelope tirado da cueca sobre a escrivaninha. — Tem seis mil reais aí dentro. Pode conferir! Pode conferir! Leve tudo. Só não me mate. Por favor, não me mate, pastor! — suplicava Cleovaldo, com as bochechas lavadas pelas lágrimas.

Apanhando calmamente o gordo envelope, Cláudio avistou as inúmeras notas de cem reais em seu interior. Aparentemente satisfeito, o pastor pôs a arma de lado antes de indagar ao devedor:

— Mais uma coisa... O senhor acredita em Deus?

— A verdade, pastor? — indagou, pigarreando.

— Sim. É sempre melhor dizer a verdade. — retorquiu, apontando para o corpo do morto.

— Pois, então... Não, senhor. Eu... Eu sou ateu — afirmou, com hesitação.

— Maravilha! Maravilha! — repetiu o pastor, retribuindo a confissão com um leve sorriso de canto. — Você está suando frio, rapaz! Pra que tanto nervosismo? Você passou no teste, fique tranquilo, fique tranquilo. Aceita uma água?

— Aceito, senhor. —Suspirou o comerciante, enquanto desabotoava o colarinho.

— Pois tome aqui. Beba um pouco, vai ajudar a lhe acalmar — disse o criminoso, enquanto enchia um copo com a água da jarra.

Três goles depois, Cleovaldo começou a sufocar. Debateu-se em violentas convulsões epiléticas até cair morto sob o olhar arguto do pastor, que se limitou a cochichar consigo mesmo:

— Esse aí, mandei pro diabo!

DA PROFECIA

A pregação já se encaminhava para o fim, mas ainda faltava a cartada final. Prestidigitador experiente, fez uma pausa para refrescar a garganta exasperada. Nesse ínterim, correu o olhar entre os prosélitos; quis a providência que mirasse justamente uma grávida com a barriga saliente. Ali, tudo se iluminou:

— Você aí atrás! — como trovão, bradou ao microfone. — Qual é seu nome, irmã?

— Marluce! — disse, pondo-se em pé com certa dificuldade.

— Esse ao teu lado é o varão?

Concordando, ergueu-se o sujeito, apanhando a mão da esposa. Diante do semblante inquisitorial do pastor, as pernas do singelo casal bambeavam como vara verde. Já anteviam que uma mensagem diretamente dos céus lhes seria endereçada:

— Ouçam! Ouçam atentamente, pois esse recado é da parte do altíssimo, veio diretamente da sala do trono — prosseguiu o "médium" pentecostal de olhos cerrados. — Deus manda dizer que essa criança, gestada no ventre da varoa, será um embaixador do evangelho do Senhor reconhecido nos quatro cantos da Terra!

— Aleluia! — replicaram os fiéis, com as palmas erguidas.

— E Deus manda dizer mais... — disse, abrindo o calendário do celular. — Vai nascer no último dia do mês sete. Sete, meus irmãos! Sete! É o número sagrado, o número da criação, da perfeição. O número que prova que este pequeno já é um escolhido do Senhor.

— Louvado seja Deus! — exultaram os pais, envaidecidos.

∴

Eduardo e Marluce dispunham de um fanatismo diretamente proporcional à devassidão de suas vidas pregressas. Ela fora prostituta desde os quinze anos. Ele, cliente assíduo dos principais bordéis da região do Saara. Quis o destino que se apaixonassem com dois ou três encontros. E foi pela brecha do amor exclusivo que Jesus entrou, tornaram-se crentes com a obstinação própria dos pecadores. Nos cultos, eram frequentemente chamados a testemunhar sobre suas histórias. "São exemplos da transformação pela palavra", diziam os irmãos, enfeitiçados. Naquela noite, em que visitavam uma igreja vizinha, completavam precisos dois anos de conversão ao ocultismo pentecostal. Uma data que, pelo visto, não passou desapercebida no calendário divino, pois dos altos céus um presente lhes foi enviado, ao menos era assim que o casal encarava a profecia.

— Mas por que nós? — indagava a esposa. Não com incredulidade, mas com a ânsia de ouvir do marido, uma vez mais, a razão de sua dádiva.

— Porque Deus escolhe os que não são para confundir os que são, Marluce! — respondia, de peito inflado.

Certa aura messiânica era gestada com a criança. Passaram a gozar de uma atenção especial dos irmãos da igreja, que, com frequência, visitavam a mãe para realizar tardes de louvor na humilde residência do casal. Em uma dessas, a missionária da igreja sugeriu um nome para o menino: "Isaque, o filho da promessa". Havia, porém, algo a ser ponderado com atenção. A profecia dizia que o nascimento seria no último dia do mês sete (julho). Pelos cálculos do obstetra, nessa data a mãe deveria estar entrando no sétimo mês de gestação. Como seria isso? Nasceria prematuro?

— Deus proverá! — arrematava o casal, com uma confiança abraâmica.

∴

Conforme a data profetizada se aproximava, a daninha erva da ansiedade crescia. Todos os dias, Eduardo voltava para casa trazendo a mesma pergunta na ponta da língua: "Já está sentindo algo, nega?". "Nadica", respondia Marluce, apalpando a barriga. Nem com o obstetra da família encontraram alento. Enfático, o doutor desacreditou a profecia: "Isso é crendice! Tenham paciência, essa criança vai nascer no tempo certo!". A mera possibilidade de que o tempo de Deus cedesse lugar ao dos homens assombrava aquele casal. Afinal, uma profecia que se preze tem de acertar, antes de tudo, na data. Do contrário, passaria como fajuta, uma mentira, um erro. Não estavam preparados para isso. Muita expectativa fora colocada naquele presente de Deus. Assim, os jejuns do marido e louvores da esposa pedindo pela vinda da criança no prazo se intensificaram dia a dia. Foi quando, após a leitura bíblica matinal, Eduardo irrompeu o quarto com uma epifania dos céus.

— Vamos marcar o parto!

— Quê!? — espantou-se a esposa, parando o tricô.

— Pedi orientação a Deus, e veja só! Veja só! Ele me deu uma resposta. Aqui está, veja, veja! — em frenesi, repetia, apontando para as escrituras. — "Porque dizia: se eu apenas lhe tocar nas vestes, serei curada". Você entendeu, Marluce? Você entendeu?

Confusa, a mulher negou com a cabeça.

— Não basta a fé, Marluce. Sem as obras, ela é morta! Essa mulher agiu. Driblou a multidão e partiu ao encontro do Salvador. É isso! É preciso agir! Vamos marcar o parto!

— Mas não podemos, Eduardo. Isaque ainda não está pronto. Não ouviu o médico?

— E você não ouviu o que Deus acaba de nos dizer, Marluce?! — questionou, intempestivo. — Nosso teste de fé não está em esperar ele nascer, mas em acreditar que no tempo profetizado ele estará pronto! Deus não se engana, meu amor. Deus não se engana. Eu senti! — disse, mostrando-lhe os pelos eriçados do braço.

— O doutor Nicolau não vai aceitar fazer esse parto.

— Eu dou um jeito. Não se preocupe, não se preocupe!

∴

Pouco importava a coerência da interpretação bíblica. Para um olhar distorcido, qualquer porqueiro com uma buzina se torna um arauto de cavalaria. Viu-se o que se quis! E o que se quis ver era mais que suficiente para eriçar os pelos do corpo. Eram ambos demasiado carnais para descrer na revelação dos sentidos.

E, assim, munidos de sua verdade chinesa, partiram na data profética rumo à clínica de uma médica que era também "irmã". Sem demora, puxaram uma oração na antessala, enquanto as enfermeiras finalizavam a preparação do bloco cirúrgico. Pouco se entendia o conteúdo das preces, que eram feitas em pranto histérico e vocabulário angélico. Chegada a hora, ouviram-se, em português, as últimas palavras do marido à esposa: "Fé, nega! Fé em Deus!".

Três horas passadas, Eduardo já havia folheado todas as revistas evangélicas dispersas na sala de espera, restando-lhe apenas andar sem rumo pelos corredores do consultório. Sua longa errância foi, enfim, interrompida pela chegada da médica. Por de trás da máscara, aquela alva figura trazia uma fatídica notícia.

— Irmão. Fiz tudo o que estava ao meu alcance... Infelizmente, a irmã Marluce não resistiu.

Um choque, sem dúvida, mas que foi brevemente acalentado por uma intuição macabra: "Ela foi o sacrifício". Esperançoso, o marido perguntou em seguida:

— E meu bebê?

— Ele... Ele... Também faleceu. Estão ambos nos braços do Senhor... — arrematou a médica, descalçando as luvas ensanguentadas.

As duas perdas pesaram sobre os ombros a ponto de lhe estremecerem as pernas. A rasteira final, no entanto, veio das paredes frias do consultório, de onde se lia em um dos quadros: "Bem-aventurados os que não viram e creram!". Alvejado pela mensagem das escrituras, desmaiou Eduardo, o "crente".

DA CEGUEIRA

— Com licença, doutora Bruna — disse uma enfermeira, adentrando o consultório com uma ficha de atendimento em mãos. — Prioridade. É uma paciente com cegueira repentina.

— Manda entrar! — apressou-se a médica.

Ajudada pelo marido, cruzou a porta do consultório uma mulher de meia-idade, esbelta e bem trajada. Nela, destoava apenas a maquiagem, que em razão do choro incessante se desfazia em borrões pelas bochechas.

— E então, o que aconteceu com a dona Paola? — indagou a médica, indo ao encontro da paciente.

— Bom, doutora... — iniciou o esposo, atordoado. — Estávamos em nossa igreja, ela estava ministrando a palavra... De repente ela desmaiou no meio da pregação e, quando acordou, já estava... Já estava assim.

— Doutora, me ajude. Me ajude, pelo amor de Deus! — gemia a paciente, em desespero.

— Segure a cabeça da sua esposa, assim... — ordenou a médica, enquanto sacava do jaleco um oftalmoscópio. — Não vejo nenhuma lesão. A princípio está tudo certo com a retina. A senhora caiu com a cabeça no chão? Sente alguma dor?

A mulher negou.

— Vou pedir uma ressonância e um exame de sangue completo. A enfermeira a levará até o seu leito — arrematou, carimbando a solicitação.

.·.

A congregação da Igreja Apostólica de Ramos tinha no casal de pastores, Paola e Márcio, uma grande referência espiritual e conjugal. Cristãos desde o berço, os líderes do ministério se encaminhavam para celebrar três décadas de um matrimônio que havia "nascido no coração de Deus", conforme espalhavam aos quatros ventos. Era, seguramente, um casamento perfeito. Se houve algum espinho na carne, devia-se ao fato de não terem concebido um herdeiro ao longo dos anos. Como não pais, choraram os reveses, mas gradualmente fizeram do menino Jesus o terceiro elemento da relação. E, conforme o sacerdócio da paternidade cruzava as fronteiras do biologicamente inviável, a ideia de que foram escolhidos para arrebanhar almas para Cristo foi se impondo enquanto verdade de fácil digestão. Como recompensa, constituíram ao longo de vinte anos um próspero ministério, alicerçado por uma inabalável admiração dos fiéis, razão pela qual dona Paola não padecia sozinha naquele hospital. Além do marido, duas dezenas de irmãos da igreja a acompanhavam no quarto, intercedendo por sua recuperação. Foi justamente daquele ajuntamento que brotou a acalentadora ideia de que a cegueira tinha uma causa divina:

— Não temos o que temer, tampouco entender — amenizou uma fanática. — Os juízos d'Ele são insondáveis e seus caminhos, inescrutáveis. Assim, diz o Senhor!

— Lembram de Saulo? Em sua viagem a Damasco, ele viu Jesus. Deus também se revela na cegueira, irmãos! A pastora ainda vai dar o testemunho dessa revelação, para honra e glória do Senhor — bradou outro, com a bíblia aberta no livro de Atos dos Apóstolos.

— Vamos formar um círculo, meus irmãos — sugeriu o missionário da igreja com patente preocupação. — Vamos impor nossas mãos e interceder pela vida da pastora.

— Isso! Isso! Dê aqui o óleo ungido, por favor. A oração dos justos pode muito em seus efeitos — apressou-se o marido, umedecendo de óleo as pálpebras da esposa angustiada.

∴

No dia seguinte, a médica adentrou o quarto na companhia de um especialista.

— Com licença, tenho o resultado dos exames.

— E então, doutora... O que eu tenho? — ajeitou-se a paciente com a voz trêmula.

— Nós gostaríamos de conversar com a dona Paola a sós — falou, virando-se para os fiéis que ali pernoitaram. — Peço que aguardem todos lá fora, por favor.

— Inclusive eu? — indagou Márcio, surpreso.

— Perdão, mas vou ter que insistir — replicou, abrindo a porta.

— Vá, meu amor. Deixe-me falar a sós com os médicos.

Após a saída dos indesejáveis, a médica prosseguiu, austera:

— Não há nenhuma lesão no crânio. Mas...O exame de sangue mostrou que a senhora tem uma infecção séria.

— Que infecção, doutora? — perguntou a mulher, sobressaltada.

— A senhora está com sífilis terciária, dona Paola. O estágio mais avançado da doença.

— Sífilis!? Não pode ser... — descria, com um riso nervoso.

— Aparentemente, a bactéria se manteve latente no seu organismo por mais de uma década — prosseguiu o infectologista que observava. — Estamos quase certos de que provocou um dano na região occipital do cérebro, responsável pela visão. E, se for assim...

— O quê, doutor? — interrompeu, já com a voz embargada.

— Se for assim, é um quadro irreversível... — sentenciou a médica responsável.

Um abismo silencioso se abriu entre os médicos e a paciente. Nada precisava ser dito, apenas chorado. A culpa pelo adultério desaguava, límpida, dos olhos cegos da pastora.

— Acha que foi pelo seu marido? — perguntou a doutora, retoricamente.

— Não, não foi. — Suspirou peremptória, como se a devoção e a fidelidade do esposo fossem as últimas verdades na Terra.

— A senhora sabe que ele precisa ser notificado, não é?

— Sim, seu sei.

— Mas não só ele... — advertiu o infectologista, num pulo. — O outro também.

Voltando-se para o teto, irrompeu a paciente aos berros:

— Seu sádico de merda! Tanta maldade, tanta crueldade no mundo... Mas vieste se vingar de mim! É tão errado querer um filho, seu desgraçado!? Pois ouve bem. Se esse é o salário do meu pecado, que seja! Morro te amaldiçoando. Não me arrependo! Não me arrependo! — arrematou, oscilando entre o riso nervoso e o pranto histérico.

Acalmando-se a paciente, obtiveram as respostas de que precisavam. Fora do quarto, a médica responsável se dirigiu ao grupo que esperava no corredor da enfermaria em fervorosa oração. Ali, disparou, circunspecta:

— Gostaria que o marido e o missionário me acompanhassem, por favor.

DOS CONVERTIDOS

O acorde em fá sustenido do tecladista era a deixa para Silas Maluvido, líder da Assembleia dos Justos de Olaria, iniciar o apelo àquelas almas arrependidas que desejavam enveredar pelos caminhos do Senhor.

— Se há alguém que gostaria de ter um encontro com Deus, levante-se e venha até o púlpito. Não venha por força, pois não é por força nem por violência. Mas, se a voz do Espírito Santo tocar o seu coração, não hesite. Venha! É Deus te chamando nesta noite.

Do clamor ensurdecedor, um casal abriu espaço por entre os irmãos e foi se entregar, uma vez mais, ao estreito caminho. A ida despertou imediato cochicho entre as fofoqueiras da igreja.

— Já é a sexta vez — murmurou uma.

— Tu estás contando?

— Lógico, não sou cega! Ninguém aceita Jesus mais vezes do que eles aqui na igreja... O que será, hein?

— Não julgueis, para que não sejais julgados.

— Eu não tô julgando, Juciara. Tô constatando. Seja lá o que for, aí tem!

— Sangue de Jesus, Raimunda... Vigia!

∴

Nascida e criada na Vila Cruzeiro, Dandara foi puxada, em definitivo, para os caminhos do evangelho graças ao braço social da Igreja de Silas. A família inteira acompanhou a conversão da matriarca. Seu esposo, Gustavo, juntamente com a filha, e seu respectivo namorado, Paulo, passaram a frequentar assiduamente o próspero ministério de Silas Maluvido. E, por mais que as fofoqueiras de plantão a escrutinassem, não escapava um indício de mácula daquela cândida mulher.

— Uma santa! — derretia-se o pastor.

— Parece ser...

— Parece não, é!

— E essas conversões, pastor? Isso é muito... estranho.

— Se a irmã e seu esposo sentem no coração a necessidade de reatar os laços com Deus, que mal tem?

— Mas eles sempre vão ao púlpito chorando. Estão em pecado, com certeza! — atiçava outro.

— Efésios 4:29. Alguém aqui sabe o que diz? Não?! Vou refrescar a memória dos irmãos — prosseguia o sacerdote, abrindo sua pesada Bíblia na referida passagem. — Pois assim diz o Senhor: "Que não saia da vossa boca nenhuma palavra torpe, mas somente a que for boa para promover a edificação, para que dê graça aos que a ouvem". Portanto, não quero mais ouvir nenhum mexerico envolvendo o nome da nossa irmã. Em vez de caçarem intrigas, deveriam todos se inspirar naquela mulher, que conduz a família com a retidão do Espírito Santo. Um exemplo!

∴

Mesmo os mexeriqueiros davam o braço a torcer para a severidade com a qual Dandara governava os seus. "Fez até o genro entrar nos eixos", reconheciam, maravilhados. Paulo era, decerto, a mais contundente mostra do poder da megera, que se orgulhava de tê-lo direcionado para os caminhos do Senhor. Sua conversão, todavia, não teve ares epifânicos, tal como a do apóstolo homônimo, mas sim a astúcia da conveniência carnal. Criado nos úberes da boemia, viu-se enfeitiçado pela "menina da condução", a charmosa Marília. Em trinta e quatro anos de existência, nada assim havia lhe acometido. De repente, nenhuma outra tinha valor. As luxúrias da Sotero dos Reis já não eram capazes de lhe arrancar da cabeça o frescor virginal daquele pedacinho adolescente de mulher. A mera lembrança de que iria encontrá-la trajada em saia de colegial e meias três quartos lhe eriçava os pelos do corpo. Não sabia, entretanto, como abordar a menina. A diferença de idade o acanhava. Contudo, tão logo a mocinha percebeu-se observada pelo devasso, retribuiu o flerte. A troca de olhares cálidos pavimentou uma paixão.

Esbarraram, porém, na resistência dos pais de Marília. Gustavo torcia o nariz pelo típico ciúme paterno. Dandara encrespava em razão do "jugo desigual". O fato de o pretendente ser quase duas décadas mais velho não lhe importava; a mulher externava, inclusive, o desejo de ver a filha engatar logo um namorico, mas a iniquidade do rapaz tornava a relação impensável.

— Se não for da igreja, eu não autorizo. Nem por cima do meu cadáver! — arrematava, irrepreensível.

Assim sendo, Paulo traçou um plano para arrefecer aquele coração carrancudo. Como um leão que acompanha sorrateiramente a presa, passou a frequentar a congregação pastoreada por Silas. Um mês depois, rendeu-se à boa nova. Dali em diante, não havia mais impeditivos formais. Seja lá o que houvesse feito no passado, estava tudo submerso no mar do esquecimento. A todos, parecia um novo homem. No íntimo, descobriu-se um artista!

∴

Aquele arranjo era, de fato, muito bom. Ter o trabalho de ser cristão apenas na epiderme tinha como contrapartida o prazer de apresentar o pecado à companheira na alcova. Algo, porém, não lhe parecia certo. Saltava aos olhos de Paulo o tratamento da mãe dispensado à filha. Sim, Dandara era severa com todos, porém a exigência com a menina vinha acompanhada de uma rabugice peculiar, que jamais passaria desapercebida a um malandro daquele quilate, tão acostumado a capturar os caprichos femininos no ar. Certa vez, no intervalo do prazer, resolveu confrontar sua amada:

— Meu bem, já percebeu que tua mãe rivaliza contigo? — soltou de supetão.

— Como é, menino!? — Virou-se, surpresa, cobrindo os seios com o lençol.

— Tua mãe. Ela rivaliza contigo.

— Conversa — desdenhou, virando as costas nuas para o amado.

— É sério, menina. Ela te olha dos pés à cabeça, te critica...

— Toda mãe faz isso — desconversava, transparecendo certo desconforto.

— As mães olham com admiração. Ainda mais quando se tem uma filha tão gostosa como você. Mas a tua lança aquele olhar de... De desprezo, de inveja. É estranho!

Com o semblante absorto e as mãos apoiadas sobre o peito nu do amado, Marília sentiu que era a hora de confidenciar algo importante. Seu amor ingênuo a impedia de manter certos segredos com aquele que, em fantasias, desenhava-se como seu futuro marido.

— Vamos fazer um pacto? — disse, oferecendo o mindinho.

— Que tipo de pacto?

— Promete que nunca vai me deixar?

— Jamais vou te deixar, Marília. Eu te amo. — Assertivo, atrelou os mindinhos.

— Está selado! O que eu vou te contar você não pode contar pra ninguém. Promete?

— Claro — concordou o rapaz, libertando os dedos.

∴

Décadas de vida lúbrica não foram capazes de lhe embrulhar o estômago tanto quanto aquilo que acabara de ouvir pelos lábios angelicais de Marília. Era de uma sordidez infinita. Tudo fazia sentido, mas a gravidade e o temor da menina contiveram sua indignação, fazendo-lhe resignar em silêncio nas semanas seguintes. "Quando a gente se mudar, isso acaba", costumava repetir a menina, enquanto acariciava as têmporas do namorado colérico. Mal sabiam que o destino reservara um desfecho ainda mais dramático para aquela situação.

Certo dia, Marília ligou preocupada para o namorado. As visitas à alcova pareciam ter cobrado o seu preço: estava grávida. Foi um choque, mas não suficientemente grande para entristecer o espírito otimista de Marília, que se rendeu rapidamente ao encanto de gestar um filho do amor da sua vida. Paulo, por sua vez, estava inconsolável, desde sempre se precavera. Com aspecto delirante, conjecturava, em frente à menina, sobre o que realmente poderia ter acontecido; tinha algumas teorias. Marília não queria ouvir. Fosse como fosse, o resultado recaía sobre aquele que lhe jurara amor eterno. Encurralado pela companheira, foi instado a se vestir de homem e seguir para a casa dos sogros, que recebiam, na ocasião, um seleto grupo de irmãos da igreja.

— O tanto que eu te eduquei, te dei amor... Para, no fim, você me trair desse jeito!? Se você não estivesse grávida, eu te daria uma surra, menina! — vociferou o pai.

— Que vergonha, meu Deus... Agora vão ter que casar! — ordenou a mãe, inflamada.

— E convém que façam antes que a barriga apareça — recomendou serenamente o pastor.

Dissimulavam com um descaro monumental. Até o momento, Paulo engolia todo o sermão a seco. No entanto, se nada fizesse, algo que poderia não ser seu recairia sobre seus ombros em razão da farsa. Era intolerável! Não podendo mais conter a força do próprio instinto de autopreservação, em poucos minutos viu aquele embrionário amor que nutria pela menina transmutar-se em asco por ela e por todos no recinto. Alguém precisava atear fogo no circo; Paulo iria fazê-lo:

— Eu não vou me casar! — disse, soltando bruscamente as mãos de Marília.

— Como é!? — arvorou-se a mãe.

— É isso mesmo que a senhora ouviu! E digo mais... Só assumo essa criança depois do teste de paternidade.

— O que estás insinuando, moleque?! — inquiriu o pai, indo ao encontro do genro.

— Moleque é uma porra! E se der mais um passo eu ligo para o conselho tutelar... Seu escroto!

— Conselho tutelar? — repetia o pastor, confuso.

— Isso mesmo! Esse senhor... — prosseguiu, apontando para Gustavo — abusa da filha há mais de dez anos. Ele pode ser o pai tanto quanto eu!

— Meu Deus! — exclamaram os irmãos, boquiabertos.

— Mas não para por aí, não...

— Meu bem, já chega, por favor! — interpelava Marília, em desespero.

— Nunca! Todo mundo precisa saber que a santinha do pau oco é cúmplice. Essa vagabunda sempre soube de tudo, pastor. É uma hipócrita! — acusou, soltando uma cusparada sobre os pés da antiga sogra.

Com o peito ainda inflado pela catarse, Paulo se evadiu, enojado, do recinto. Marília tentou impedi-lo, mas em vão. Nenhuma lágrima ou súplica seria capaz de conter a fúria do sujeito, que, munido de uma indescritível repulsa, desferiu impiedosamente antes da partida:

— Você fede a tudo isso, garota. Não me procure nunca mais!

Tudo estava consumado. Humilhados, pais e filha choravam copiosamente suas desgraças. Tinham sobre si o olhar penetrante e escandalizado dos irmãos de congregação, que nem nas mais mirabolantes elucubrações sobre a família conceberiam tamanha torpeza. Ao fim, coube a Silas, investido de sua autoridade moral, contornar o embaraço:

— Eu lamento profundamente o que aconteceu, minha filha. — Voltou-se para Marília com a doçura de um anjo barroco. — É muito grave! Mas veja como eles choram, veja como estão arrependidos... São seus pais. São tudo o que você tem agora.

— Me perdoa, minha filha. Me perdoa! Nunca mais! Eu juro, nunca mais! — Jogou-se Gustavo aos pés de Marília, que, combalida pelo desamparo, agarrou-se aos genitores em compaixão.

— Glória a Deus! — sorriu o pastor, aliviado. — Para que recorrer à justiça terrena se a justiça de Deus é misericordiosa e dura para sempre? Não há iniquidade no mundo da qual Ele não possa nos absolver, meus irmãos. Pois, como diz 1 João 1:9: "Se confessarmos os nossos pecados, Ele é fiel e justo para perdoá-los e nos purificar de toda injustiça".

— Amém! — glorificaram os fiéis, clamorosos.

DOS BENFEITORES

Católicos fervorosos, os Monforte e Borgonha compareceram em peso ao tradicional Concerto de Natal na Igreja da Candelária. Era uma noite mais que especial para a família. Do mais novo ao mais antigo, receberiam a comenda da Ordem Hospitaleira São João de Deus, uma seleta honraria outorgada aos benfeitores das causas sociais da Igreja. Narcisistas inveterados, não pouparam na autopromoção. Fizeram chegar convites personalizados aos amigos e tabloides dedicados às frivolidades da alta roda. Os compatriotas compareceram em peso. Nunca os miseráveis do entorno da catedral viram tanto charme, exuberância e glamour por metro quadrado, reunidos especialmente para um encontro com o menino da manjedoura.

— Na noite de celebração do nascimento do nosso Senhor, estes digníssimos irmãos recebem, hoje, esta comenda por trabalharem em prol daqueles que mais necessitam. Nada mais justo! Pois, conforme diz nosso Deus, no livro de Provérbios: "Quem trata bem os pobres, empresta ao Senhor, e ele o recompensará". Assim sendo, meus irmãos, esta comenda não poderia estar em melhores mãos — disse o arcebispo, repassando a honraria para a emocionada dona Eulália, matriarca do clã.

Em seguida, coube à jovem Lorena Monforte, a influencer da família, externar os agradecimentos. Ornada em reluzentes diamantes e trajando a última tendência das butiques da Zona Sul, a blogueirinha se dirigiu ao púlpito sob uma rajada de flashes disparados da plateia:

— Peço desculpas pelas lágrimas… — iniciou, cuidando para que a emoção não lhe borrasse a maquiagem. — Desde o império, minha família tem se devotado à obra de Deus, não medindo esforços e recursos em favor da causa dos menos favorecidos. E, hoje, temos a felicidade de receber essa honraria. Um presente terreno, é verdade, mas que reflete o maior reconhecimento que um cristão pode desejar: o de ser servo. Servir a Deus é graça! Pois todas as bençãos que desfrutamos neste mundo vem da gratuidade do Senhor, de modo que é dever nosso retribuir em ações que edificam a sua Santa Igreja e que melhoram a vida do próximo. Assim sendo, rogo que prossigamos, enquanto servos, morrendo para nós mesmos, e fazendo com que Cristo apareça em nossas vidas e ações. Obrigada.

Era, de fato, uma grande retórica. Não precisou de muito para arrancar um aplauso clamoroso dos convidados. Porém as lágrimas ainda desceriam em torrentes quando um grupo de crianças faveladas, vestidas de anjinhos, aprochegou-se de Lorena, que logo envolveu os pequenos em um abraço afetuoso, largamente registrado pelas câmeras dos presentes.

∴

Terminada a solenidade, seguiu-se o comes-e-bebes em um salão na Marina da Glória. Na lista, apenas o “licor fino” da sociedade carioca. Entre eles, o jovem Nicolas Foleiro, recém-eleito deputado estadual e aspirante a pretendente de Lorena. Tudo indicava que haviam, de fato, nascido um para o outro. As famílias faziam gosto do prendado rapaz. Nicolas, porém, tão desenvolto em cima do palanque, era investido de uma inibição colossal perto da donzela, que se queixava com as amigas da falta de vitalidade do deputado. A roda de conversas no jantar era a chance de mostrar, uma vez mais, o seu valor:

— Vocês viram o tapa que o Will Smith deu na cerimônia do Oscar? — indagou dona Helena, a pretensa sogra.

— Surreal. Sempre admirei aquele cara... — lamentou o deputado.

— Confesso que não me surpreendi. Essa violência já é algo dele, né? — desdenhou Licurgo, o pretenso sogro.

— Como assim?

— Não é óbvio? Os negros são agressivos por natureza. É coisa de pele, compreendem? — completou Licurgo, esfregando os braços.

— Mas ele é uma pessoa instruída — pontuou uma dondoca.

— Nah! Educação nenhuma dá jeito na natureza.

— E ainda fazem o diabo para terem cotas... — ironizou um tio, entre uma garfada e outra.

— Rapaz, essa história de cota não me desce... — prosseguiu Licurgo. — Quer dizer, o cara entra na universidade sem ter o devido conhecimento e ainda tira a vaga de quem tem. Loreninha não entrou na Federal por conta dessa patifaria de reparação histórica.

— Reparação de quê, meu Deus do Céu? — exaltou-se dona Helena. — Essa coisa de reparação é um escárnio com a sociedade de bem... Vejam só! Estamos aqui cercados de negros. Fátima é minha secretária particular há vinte anos. Ela almoça e janta na mesa comigo. Cadê o racismo?

— Se existiu, foi há muito tempo — reforçou uma dondoca.

— Exatamente! Os escravos que sofreram no passado, tudo bem... Esses sim mereciam reparação. Mas os ditos "descendentes" usufruem das benesses por coisas que nem passaram. Isso sim é racismo... Contra nós! — enfureceu-se o deputado, incandescendo o coração de Lorena para aquele inédito rompante.

— É muito triste! Facilitar a entrada desse bando de analfabetos nas universidades é tudo o que a esquerda quer. Como eles não têm senso crítico, saem pior do que entraram. Completamente doutrinados para invadir propriedades e se voltar contra a família de bem — acrescentou o tio.

— E não são só os pobres, viu!? A Melissinha, filha do desembargador, entrou na universidade pública e se desvirtuou totalmente. Era obediente, alegre, feminina... Mas, quando começou se misturar com os esquerdopatas, mudou da água pro vinho: virou rebelde, depressiva e sapatão! — completou Licurgo, altivo.

— É exatamente assim que o Marxismo Cultural do Foro de São Paulo opera... — retomou o deputado a sua exibição retórica. — Os professores das universidades são agentes revolucionários empenhados em dizimar a tradição cristã e os valores ocidentais. Daí vem a perseguição às igrejas, os projetos para sexualizar as crianças... É uma guerra pela mente da população!

— Eu não consigo entender... O que a esquerda já fez de bom? Tudo o que essa porcaria corrupta sabe fazer é quebrar a economia dos países e produzir um exército de vagabundos que sobrevivem de esmola.

— Venezuela e Cuba que o digam, amiga — endossou dona Helena os delírios da dondoca.

O jantar avançou às mil conspirações. Perto da meia-noite, no entanto, os convidados começaram a bater em retirada, rumo ao aconchego de suas coberturas no Leblon. Nicolas, investido de sua inédita altivez, convidou Lorena para partir em seu carro. O convite foi prontamente aceito.

∴

— Muito interessante o que você falou no jantar — puxou assunto a menina ao adentrar no carro.

— Jura?

— Sim. E assino embaixo!

— Deverias ir à Assembleia para me ver debatendo com a oposição. Pega fogo!

— Já quero! — disse, tocando levemente as pernas do amado.

— Gostaria de passar mais tempo com você, Lorena. Ando pensando nisso… — retribuiu, beijando-a nas mãos.

— Tenho uma ideia!

— Qual?

— Que acha de a gente rodar por aí antes de voltar pra casa?

— Fazer hora no carro?

Sorridente, assentiu com a cabeça:

— E onde a mademoiselle gostaria de ir?

— Sei lá. Podemos perambular perto da Central.

— No centro? Lá é muito perigoso a esta hora — resmungou, apontado para o relógio.

— Tá com medo? — provocou a menina, desatando o cinto.

— Até parece!

— Então, vamos logo!

A velocidade do Porsche atiçou os instintos. Lorena parecia outra. Era investida de um surpreendente despudor conforme o carro se distanciava da Zona Sul. A certa altura do trajeto, ergueu as pernas sobre o painel e puxou a mão do amado para dentro da zona proibida. Já estava sem calcinha. Congelado pelo pavor da nudez, Nicolas sentiu as pontas dos dedos umedecerem com o feromônio do pecado. Excitada, a devassa gemia a plenos pulmões:

— Acelera, cachorro! Acelera!

O pudico deputado já não conseguia conter a própria excitação com tão inimaginável comportamento. Encostou o carro ao pé da Central do Brasil, antes de sacar para fora da calça toda a sua virilidade, deixando-se chupar até a alma pela diabólica criatura. Perto do ápice, no entanto, Lorena interrompeu o ato com um pedido inesperado:

— Vai pro Campo de Santana.

Pressentindo a malícia, ele atendeu o capricho. Achou um lugar discreto na esquina com a Moncorvo Filho. Estava ávido para consumar o pecado.

— Nana-nina-não, mocinho. Primeiro o senhor vai ter que realizar meu fetiche — recuou com voz infantil.

— E qual é, amorzinho? Fala. Faço qualquer coisa.

— Qualquer coisa?

— Sim. Qualquer coisa.

Com o olhar semicerrado, Lorena avistou pelo para-brisa um grupo de viciados e mendigos que pernoitavam na calçada da praça. Percebendo a oportunidade, disparou ao pé do ouvido do infeliz:

— Mata um.

— Como? — assustou-se o deputado.

— Você não faria qualquer coisa por mim? Pois, então. Quero que mate um deles — reiterou apontando para os mendicantes.

— Você tá louca, Lorena?

— Ninguém vai dar falta, amorzinho... — falava, beijando-lhe o pescoço.

— Não. Não posso. É loucura!

— Certeza? — provocava, debruçando-se sobre as partes do deputado.

— Eu não quero isso... — relutava, revirando os olhos.

— Acelera, gatinho!

Os sentidos se entorpeciam pelo prazer. A cálida voz de Lorena irrompia com a força das marés as frágeis comportas morais do deputado. O corpo já não era seu, mas dela. Quando as pernas, enfim, se renderam à fantasia do anjo da morte, o carro arrancou. Cem metros depois, um estrondo. Saíram do veículo às pressas. Com a cabeça envolta por uma poça de sangue, jazia o corpo negro de uma mulher de meia-idade. As marcas no braço esquálido denunciavam o vício. A barriga saliente indicava a gestação avançada. Os mendicantes, despertados com o barulho, correram ao socorro da amiga. Incrédulo com o próprio feito, Nicolas desabou sobre o asfalto exalando um aroma salitre pelas calças. Lorena, por sua vez, observava o crime com a característica placidez dos sociopatas. Molhou-se com a morte da infeliz, mas gozou contemplando a tenra vida que ainda iria morrer. Materializava-se, enfim, a prova de vitalidade que tanto buscara. Inteiramente surda para os gritos de ajuda, ajoelhou-se diante do amado; a escuridão da madrugada foi a testemunha do derradeiro pedido:

— Casa comigo?

DA PORTELINHA

Dona Bibi era uma das mais conhecidas apontadoras do jogo do bicho na Zona Norte do Rio. Havia sido iniciada na contravenção por intermédio do lendário Natalino do Nascimento, o Natal. Seu ponto para as apostas era defronte a quadra da Portela. Ali, divulgava não só o resultado dos jogos mas também fazia o chamado para o passatempo preferido da melhor idade: a fofoca.

— Deu no poste!

Era a deixa para que, no fim da tarde, a "Portelinha" se reunisse. Os vizinhos traziam as cadeiras; dona Bibi, o café. Sombreados pelas asas da águia altaneira de Oswaldo Cruz e Madureira, formavam um círculo por onde correriam as principais notícias do bairro.

— E aí, Carlinha, quais as novidades? — perguntou a velha apontadora.

— Tive um sonho esquisito na noite passada.

— Pois conta logo, minha filha! Faço rápido um jogo pr'amanhã — disse, apanhando o caderninho do bicho.

— No sonho, era carnaval. Estava em um bloco no Valqueire. No começo, tinha gente de todo tipo. Mas depois só ficaram os homens. Parei para respirar numa esquina. Quando olhei de volta para os machos, estavam todos enfeitados em plumas e purpurina se agarrando. Desconjuro! — arrematou, fazendo o sinal da cruz.

— É como diz o samba, minha filha: se sonhar com rapaz todo enfeitado, o resultado no bicho é pavão ou é veado! — sentenciou a apontadora, desatando os risos dos amigos.

— Pois ponha o milhar nos dois! — disse, repassando-lhe o dinheiro.

— E tu, Índia? Como andam as coisas com o velho?

— Peguei quinhentinhos hoje — gabou-se, mostrando a bufunfa.

— Consumou?

— Nada! Mas até hoje ele pensa que já me comeu. — Sussurrou aos risos.

— É mesmo, Índia?

— Juro por Nossa Senhora, Carlinha. Eu sempre fecho as pernas e o besta pensa que está metendo.

— Essa Índia é danada!

— Daquele velho babão só quero a grana! Meu negócio é homem novo.

— Já tem um em vista? — ouriçou-se dona Nazaré, enquanto tricotava uma meia.

— Já!

— Quem?

— Cacaio.

— O crioulo!? — abismaram-se.

— Ele mesmo!

— É nosso afilhado, mulher! A gente carregou aquele menino no colo...

— E o que tem, dona Bibi!? Ele já está no ponto. Ninguém melhor do que a madrinha pra ensinar as coisas boas da vida — rebateu, maliciosa.

— É uma safada! — reprovou Carlinha, repetindo o sinal da cruz.

— Vocês nem sabem! — prosseguiu a devassa. — Anteontem, ele estava voltando do futebol. Espiei direitinho o calção. Que trambolho, meus amigos! Que trambolho! — completou, medindo com as mãos.

Enquanto os fofoqueiros tricotavam sobre as aventuras amorosas da amiga, o último integrante da Portelinha virava a esquina com toda a velocidade que suas pequenas pernas permitiam. Era "Gigante", o anão do grupo.

— Tá fugindo da polícia, Gigante? — indagou a anfitriã ao amigo ofegante.

— Dona Bibi, a senhora não vai acreditar no que acabei de ver... Uma bomba! — soltou o recém-chegado, sorvendo um pouco de café.

— O quê? Conta! Conta! — alarmaram-se todos.

— Nandinha. Sua neta. Agarrada com... com...

— Com quem, Gigante?! — ergueu-se a velha Bibi, furiosa.

— Cacaio...

∴

A notícia deu fim à távola dos fofoqueiros. Bufando pelas ventas, dona Bibi partiu no encalço da única neta. Não a encontrou no local indicado pelo amigo. Voltou para casa. Empunhando o cinto de couro do falecido marido, pôs-se a esperar pela menina na poltrona da sala. O desgosto trazia-lhe um amargor ao céu da boca. O motivo: Maria Fernanda era órfã de mãe, e fora criada pelos avós para casar-se bem. Dona Bibi não poupava elogios à beleza da neta. Dizia aos quatro cantos que a menina estava destinada a nada menos que um "príncipe da Zona Sul". Ora, enroscar-se com um "crioulo muambeiro" não só não estava nos planos como também escancarava o retumbante fracasso familiar. À parte disso, martelavam em seus cabelos esbranquiçados as últimas palavras da amiga, Índia, sobre o "trambolho" do rapaz. Imaginar a única neta desvirginando-se em tamanho calibre atiçava ainda mais a famigerada fúria da velha senhora, que era, em sua solidão angustiante, atentamente espreitada pelo olhar inquisidor do falecido no porta-retrato.

A providência não tardou em trazer a neta de volta ao lar. Com o sorriso de orelha a orelha, a bela Nandinha cruzava o portão para um inesperado embate com a fera.

— Que história é essa de a senhorita estar se agarrando com o Cacaio?

Surpreendida com a rapidez da notícia, a menina balbuciou:

— É só meu amigo, vovó.

— Amigo é uma porra! — Deu-lhe os primeiros golpes de cinto. — Fala, agora, o que tem entre vocês dois!

— A gente está namorando, vovó! — encurralada, confessou aos prantos.

— Eu vou matar aquele preto desgraçado! — bradou, direcionando-se à saída.

— Não, vovó! — Interpôs-se a menina entre a velha e a porta. — Eu… Eu o amo!

A genuína declaração da neta precedeu uma vertigem que empurrou dona Bibi contra a parede. Nandinha tentava acudir a avó hipertensa, enquanto enaltecia as qualidades do amado.

— Ele é pobre, mas é trabalhador, vovó. Disse que vai me dar uma vida de rainha. Que vamos nos casar, e teremos filhos lindos…

A elucubração matrimonial, seguida da aterradora imagem de uma penca de "crioulos" brincando pela casa, revigorou-lhe as energias. Dona Bibi recompôs-se mais colérica do que nunca.

— Tu não prezas a cor que tu tens, menina?! — vociferou, desferindo golpes descontrolados contra o alvo corpo da neta. — Tu, uma princesa, se enroscando com aquele preto molambento... Onde foi que eu errei, meu Deus!?

— Pare com isso, vovó... A senhora também é negra!

Não havia maior tabu naquela casa. Dona Bibi não escondia a ojeriza com a cor da própria pele. Tão forte era sua repulsa que tinha por costume esbranquiçar o rosto com pó de arroz a fim de minimizar a acentuada melanina. Aquela verdade, cuspida pela neta aos açoites, ruboresceu a velha, uma vez mais, com a própria vergonha. O revide veio com uma força descomunal. Possessa, dona Bibi arrastou a menina pelos cabelos até o porta-retrato do falecido.

— Olha! Olha, sua imunda! Posso ser negra, mas botei um branco do meu lado... De preta nessa família já basta eu!

— Mas eu o amo, vovó... — soluçava aos pés da matriarca.

— Com ele você não casa, Maria Fernanda! Não casa!

∴

Dali em diante, a menina passou a ser vigiada de perto pela avó. Não havia um espirro que não fosse seguido de um lenço. Entretanto, o espírito rebelde de Maria Fernanda não se entregaria fácil. No intervalo entre as aulas, a intrépida adolescente achava um jeito de pular o muro da escola e partir, cuidadosamente, na direção do Parque Madureira, sempre na altura de Honório Gurgel. Ali, na companhia do amado, chorava a própria desventura.

— Sabe, branquinha... — balbuciou o rapaz, contendo as lágrimas. — Ando pensando que sua avó tem razão. Você estaria mais bem arranjada com um advogado, um doutor... Gente que pode te proporcionar a vida que você merece. É doideira achar que um pé rapado feito eu possa te fazer feliz!

— Você está desistindo de mim? — Agarrava-se desesperadamente ao amado.

— Não faça assim, meu benzinho. Só Deus sabe o quanto eu queria passar o resto da vida contigo. Mas sua avó... Ela jamais permitiria!

Maria Fernanda foi, então, invadida por uma intuição de gente grande. Com os olhos fixos no rapaz, disparou, esfíngica:

— E se tiver um jeito?

— Mas que jeito? — desdenhou o namorado.

— Me encontra no matagal à meia-noite em ponto. Eu arranjo tudo! — arrematou, antes de ofertar os lábios para um cálido beijo de despedida.

∴

Nandinha retornou à casa no horário estipulado pela avó. Nada parecia anormal. Na manhã seguinte, dona Bibi levantou-se antes de o galo cantar, como de costume. Passou o café e preparou a mesa. Em seguida, invadiu o quarto da neta para acordá-la. A cama, entretanto, estava vazia. Foi ao banheiro. Nada encontrou. Correu até a esquina da rua. O vendedor de café também não sabia da menina. Assombrou-se com a possibilidade de a neta estar enfurnada na casa do dito cujo. Intempestiva, apanhou o cinturão do falecido e bateu, aos berros, na casa do menino. Deu de cara com pais igualmente preocupados com o sumiço do filho. Esgotadas as possibilidades, chamou a polícia. Uma busca ostensiva pelos namorados logo se desencadeou. O austero delegado tentava acalmar os responsáveis, enquanto colhia as informações pertinentes. O desenlace, no entanto, veio pelo rádio horas depois:

— Encontramos!

Na viatura da polícia, dona Bibi e os pais do menino partiram em direção a um matagal nos arredores de Piedade. Caminharam quinhentos metros além da pista antes de desmaiarem perante a cena fatídica. Entrelaçados em um pacto de morte, jaziam os protagonistas daquele amor proibido. Ao lado dos corpos, descansavam apenas um frasco de pesticida e um taciturno bilhete escrito pela menina:

Se não podemos ficar juntos em vida,
ficaremos na morte.

Os espíritos não têm cor, têm alma.

P.S.: Não procurem culpados.

N. e C.
Um amor além da vida

∴

Não era preciso sair à caça de um culpado. Ela estava ali, desfalecendo no colo dos policiais. O pacto de morte, motivado pelo racismo da avó, não tardou em chegar às redações da imprensa marrom. Dona Bibi rapidamente ganhou status de leprosa junto aos vizinhos. Ninguém lhe olhava na cara. Melancólica, resignou-se à própria solidão nos meses que se seguiram. A reclusão foi, enfim, perturbada na manhã do Sábado de Aleluia, quando despertou em razão de um forte cheiro de queimado que exalava da entrada da casa. Escapuliu às pressas. No meio-fio, entretanto, deparou-se com a suprema vergonha: um boneco de Judas, pintado de preto, ardia com os dizeres: "Dona Bibi, a crioula pó de arroz!".

DA BELA DA NOITE

Com o avançar dos anos, o abandonado cemitério da Vila Operária, em Duque de Caxias, tornou-se o ponto de encontro de todo tipo de gente. Descontado o tráfico, que já fazia uso do local para descartar seus desafetos, as crianças da comunidade foram as primeiras a desbravar as estradas entre as catacumbas. Descobriram o espaço ideal para soltar suas pipas, uma vez que as antigas colinas foram gradativamente ocupadas por habitações irregulares que atrapalhavam a circulação do vento para a brincadeira. O cair da noite marcava o fim da diversão. Com a dispersão dos pequenos, abria-se espaço para o domínio de uma garotada alguns anos mais velha, habituada a encontrar, no reino da morte, a paz que lhes faltava no mundo dos vivos.

Rafaela e os amigos eram desses que batiam ponto nas madrugadas do cemitério. Todas as sextas-feiras, na saída do trabalho, os membros do denominado "Clube Hell Fire" se reuniam para um happy hour ao pé de um deteriorado mausoléu, cujo abandono só não fora completo em razão dos ramos de belas-da-noite que insistiam em formosear o entorno da sepultura. Ali, sob os auspícios da noite e de algumas cervejas, compartilhavam vivências, segredos e beijos. Rafaela namorava Mariano havia quase três anos, e eram exclusivos um do outro. Bernardo, Alfredo e Julinha, por sua vez, viviam um trisal, que só se manifestava com a ajuda do álcool. Naquele fim de semana, os amigos não tinham muitos assuntos. Coube a Bernardo entreter os sonolentos confrades com mais uma das suas fábulas de terror.

— Vocês conhecem a lenda da Bela da Noite?

— Ih! Lá vem lorota... — caçoou Mariano, enquanto bolava um cigarro de maconha.

— Mais mentiroso que esse... Só Chicó! — emendou Julinha aos amassos com Alfredo.

— Vão rindo, vão rindo... Mas essa história é a mais pura verdade. Querem ouvir ou não?

Assentiram em solidariedade ao amigo:

— Pois muito bem — continuou o rapaz, em tom misterioso. — Segundo conta meu avô, tudo começou na final da Copa de 1994...

∴

A cidade estava em frenesi com o tetracampeonato da seleção. Nilce, então com quinze anos, comemorava o título na companhia dos familiares em um bar na Pavuna. Entre serpentinas e confetes, conheceu Daniel. O rapaz era dez anos mais velho que a jeitosa menina, mas nada que o impedisse de uma audaciosa investida. Aproveitou-se da desatenção dos pais para pegar o endereço do alvo. Nas semanas seguintes, as cartinhas trocadas deram a letra da paixão fulminante que incandesceria, em pouco tempo, aqueles corações. No começo, encontravam-se às escondidas. Quando os pais descobriram, Nilce bateu o pé em favor do amado. Não puderam com a paixão adolescente. Tiveram que engolir a seco a relação com um menino maduro do qual pouco se sabia. Nos primeiros meses, fez-se um príncipe nagô. Sua delicadeza e educação abriram rapidamente as comportas do paraíso. Pelas delícias da carne, Nilce prendeu-se ainda mais à figura de Daniel. Vendo, porém, que a menina estava ganha, resolveu mostrar sua verdadeira face.

Além do eventual envolvimento com outras mulheres, o rapaz já não tinha a mesma prudência em esconder a fonte de seu ganha-pão. Certa vez, em uma frívola discussão de namorados, sacou um revólver e atirou cinco vezes na direção de uma televisão que havia dado aos sogros. Não restavam dúvidas, era pistoleiro do tráfico. A família inteira tornou-se refém do romance. Nilce, por sua vez, permanecia atada ao nó da mais tenra paixão, disposta a relevar tudo em favor do homem que amava. Entretanto, aquele amor desmedido cobraria seu preço. Quis o destino que fosse em uma preguiçosa manhã de terça-feira, precisamente no dia da celebração do primeiro ano de namoro do casal:

— Preto! Tenho uma novidade...

— Fala logo! Tenho que ir pro trampo — retorquiu secamente, enquanto girava o tambor do armamento.

— Estou grávida! — ela exibiu o teste, radiante.

O entusiasmo em nada foi compartilhado pelo parceiro. Ao contrário, inflamado pelos piores sentimentos, atirou-se subitamente contra a namorada:

— Você vai tirar! — sentenciou, com as mãos encravadas no pescoço da moça.

— Mas é nosso filho... — ela protestou, com a voz esganiçada.

— Seu filho! E você vai tirar! Tá me ouvindo?!

Sentindo o diabo nos olhos do amado, golpeou o rapaz nas partes baixas antes de confrontá-lo a plenos pulmões:

— Prefiro morrer!

— Ah, é! Se são vai tirar por bem, vai tirar por mal!

Com toda a força que lhe era própria, Daniel empurrou a menina sobre o chão e, embebido em uma fúria titânica jamais vista, desferiu uma sequência de chutes contra a barriga da namorada. Parou apenas com o desmaio da pequena. Nilce foi encontrada horas depois pelos pais. No hospital, recebeu a trágica notícia do aborto. Um choro copioso ecoou durante longos dias pelos corredores da enfermaria. Era o fim do sonho. Daniel, como de praxe nesses casos, desapareceu no mundo. O sumiço do rapaz e a perda da criança poderiam ter representado um novo recomeço para Nilce, mas não foi o que ocorreu. Assombrada pelas perdas, a pequena não demorou a cruzar as raias da loucura. No baú de brinquedos, Nilce tratou de raptar uma boneca e fazer dela sua filha. Todas as tentativas parentais de repressão se mostraram infrutíferas perante o desejo pela maternidade perdida. Ano a ano, a menina definhava em virtude do ofício sagrado. Negligente com a própria alimentação e limpeza, viu sua pele macia ser conspurcada por purulentas feridas, bem como os dentes e cabelos desprenderem-se um a um. Naquele corpo, a formosura da maioridade deu lugar à velhice caquética. O constrangimento de ter uma louca cadavérica na família levou os pais a optarem pela internação compulsória. Suportaram ver a filha naquele estado durante meros seis meses. Depois disso, os encontros espaçados deram a pista do completo abandono que estaria por vir. Jogada à própria sorte num manicômio desumano, Nilce tinha junto de si somente a figura plastificada de Daniela, a famigerada boneca.

Certo dia, valeu-se da distração dos seguranças para fugir. Vagando pela cidade sob um calor inominável percebeu que sua aparência terrificante despertaria suspeita. Precisava encontrar abrigo. Tinha, porém, lucidez suficiente para intuir que não seria bem recebida na própria casa. Lembrou-se subitamente de um dos locais de encontro com o namorado: o cemitério da Vila Operária, onde possivelmente haviam concebido o filho perdido. Sentindo-se compreendida por aquele silêncio sepulcral, Nilce achou um lar. Estava, enfim, livre para viver a plenitude de um delírio demasiado eloquente aos ouvidos normais.

∴

— Que doideira! — arrepiou-se Rafaela.

— Há quem diga que ela ainda vive neste cemitério — completou Bernardo.

— Alguém já viu essa maluca por aqui? — indagou Julinha, capturada pela história.

— Não conheço quem a tenha visto... Mas dizem os antigos que é possível escutar um choro vindo do cemitério em algumas noites do ano.

— É cada uma, hein!? — murmurou o descrente Mariano.

— Acho que já está na hora de ir — emendou a namorada, apanhando o casaco.

Estavam, de fato, esgotados. Aproveitaram a partida para procurar, uma vez mais, os próprios nomes entre as lápides desgastadas do cemitério. A certa altura, porém, gemidos esganiçados tomaram conta do fúnebre ambiente. Os amigos se entreolharam apreensivos, procurando a fonte daquele ruído. Foi quando viram, através da penumbra noturna, uma sepultura se abrir. Dali, uma horda de insetos dos mais variados tipos escapuliu freneticamente para fora. Com eles, viu-se um corpo lívido e seminu se erguer calmamente de dentro da fétida catacumba. O estrídulo dos grilos acompanhava seu aparente cantarolar, quase inaudível. De pé, agachou-se sobre o caixão e acomodou um objeto entre os braços. Ninava uma criança. Percebendo-se observada, não hesitou em se aproximar do grupo de amigos, que contemplavam, em uma incredulidade inerte, a hedionda figura caminhar erraticamente em sua direção. A cada passo, no entanto, tornava-se nítido que não se tratava de uma assombração. Aqueles olhos grandes e negros, descortinados pela parca luz do luar, denunciavam, na realidade, um martírio humano, demasiado humano, cujo horror se situava para mais além do calafrio suscitado por um mero fantasma. Quando se pôs a meio metro dos visitantes, fitou-lhes com o fascínio de quem encontra, por vez primeira, viajantes de um planeta distante.

— Vocês são amigos do meu marido? — irrompeu o silêncio apressadamente. — Fala pra ele vir aqui com a nossa filha. Fala! Fala! — pedia, enquanto mostrava aos espectadores assustados uma boneca enegrecida pela terra e pelo tempo.

De mãos dadas e peito ofegante, todos imaginavam a mesma coisa. Era a mulher da história. Sem forças para correr, apenas acompanhavam as falas desconexas da desvairada com notório espanto. Com os olhos novamente pregados nos visitantes, a mulher se viu capturada por uma intuição surpreendente. Ensaiando mais uns passos, inclinou sua cabeça careca na altura da barriga de Rafaela. Contraindo um aspecto refulgente, exclamou:

— Dá esse anjinho pra mim! Dá pra mim! Dá, dá!

Nada entenderam. Interpretando o silêncio como uma negação, a louca avançou sobre a menina com uma fúria descomunal:

— Ele é meu!!! Dá pra mim!!! É meu!!!

Em seguida, rolaram, violentamente, por cima das sepulturas. Investida pela força de uma legião, a desvairada postou-se sobre a menina, antes de encravar as unhas negras e carcomidas em seu pescoço. Sufocada, Rafaela precisou contar com a ajuda dos quatro amigos para se libertar da morte. Porém, ainda havia na mulher energia para mais. Fumegando pelas ventas, partiu imediatamente em direção ao grupo. Foi quando Mariano, cuja adrenalina já exalava pelos poros, apanhou um crucifixo caído. Um golpe fulminante, acima do pescoço, derrubou a pobre criatura, cujo crânio afundado vertia rios de sangue sobre o chão. Diante do horror do próprio crime, não pensaram duas vezes em fugir, desesperadamente, para longe dos umbrais daquele lúgubre cemitério.

∴

Nada dormiram naquela noite. Em uma tensão infinita, espiavam, de hora em hora, o noticiário da televisão. Foi na edição da tarde que a apresentadora deu fim à angustiante espera: "Uma mulher não identificada é encontrada morta no cemitério da Vila Operária". Foi a deixa para a convocatória de uma reunião emergencial. Não obstante devastados pela culpa, fizeram um pacto de sangue para nunca mais tocarem no assunto. Aquele homicídio haveria de ser apenas mais um segredo, dentre muitos, sepultado nos anais do "Clube Hell Fire". Entretanto, a normalidade superficial dos amigos não tinha aderência em Rafaela, que carregava como um colar, as marcas do trágico encontro com a desvairada do cemitério. Não tinha paz nem em sonho. Todas as madrugadas, vinha-lhe a cena da esquálida mulher, vagando pelo cemitério, em busca de um ramo de belas-da-noite. Quando o encontrava, regressava à sepultura dela, onde descansava com as flores brancas repousadas sobre o ventre. Era tudo. Uma visão mais que suficiente para perturbar e fazer a menina pensar no estopim daquela tragédia. Sentindo-se cada vez mais inclinada à sabedoria dos loucos, Rafaela resolveu tirar a prova. Correu até a farmácia mais próxima a fim de realizar o teste de gravidez. No ínterim entre o mergulho do bastão e a resposta, Rafaela viu toda a angústia gestada pelo crime se deslocar para aquela espera. Terminou vomitando sobre o chão do banheiro. Quando se recompôs, já tinha diante de si o resultado: duas linhas roxas. Positivo.

No dia seguinte, requisitou um encontro a sós com o namorado. Seu semblante devastado era um cartão de visita das más notícias que trazia.

— O que aconteceu? — indagou Mariano, preocupado.

— Tô grávida — disse, sem rodeios, escancarando-lhe o teste.

Pensamentos confusos invadiram o corpulento rapaz. A decepção familiar, a impossibilidade de sustento, a jovialidade perdida... Foram os presságios que lhe fizeram tremer sobre as próprias pernas. Rafaela também havia experienciado coisas parecidas no dia anterior. Contudo, com a alvorada, fora invadida pela suprema coragem de se deitar sobre a espada do destino, apegando-se à ideia de que, na companhia do amado, poderia enfrentar as tempestades que viriam. Mariano, por outro lado, parecia tomado por um desalento sem igual. Recobrando as forças, ergueu-se abruptamente com a sentença:

— Você vai tirar!

— O quê!? Tu sabes que eu jamais faria isso, Mariano!

A recusa intempestiva de Rafaela foi o gatilho para a emergência de uma animalesca reação. Colérico, Mariano empurrou a companheira bruscamente contra a parede. Com as mãos encravadas no marcado pescoço da menina, verbalizou uma conhecida ameaça:

— Se você não tirar por bem, vai tirar por mal!

Esta obra foi composta em Adobe Garamond Pro 12 pt e impressa
em papel Polen Natural 80 g/m² pela gráfica Meta.